모든 순간이
너였다

모든 순간이 너였다

반짝반짝 빛나던 우리의 밤을,

꿈을, 사랑을 이야기하다

하태완 에세이

차례

PART 2

이 순간, 사랑하는 너에게

둘만의 계절이 시작되던 순간

○

PART 3

따스한 위로가 필요한 너에게

지친 하루의 끝에서

○

PART 4

사람에, 사랑에 상처받은 너에게

안녕—, 나의 모든 순간

PART 5

스페셜 에세이 최초 수록

누구보다 행복해질 너에게

다시, 반짝이는 우리의 시간

○

나를 더 사랑하고

행복하도록 도와주는

가장 반짝이는 순간들의 이야기

모든 순간에는 얼마만큼의 감정이 있을까

〈모든 순간이 너였다〉가 출간되고부터 어느덧 5년이라는 시간이 훌쩍 지났습니다. 바뀐 해는 채 두 자릿수가 되지 않지만, 우리가 발을 디디고 사는 이곳의 세상은 두 손으로 다 꼽을 수도 없을 만큼 무수히 변화했습니다. 그러한 기류에 몸담아 살며 문득 이 책에도 작은 변화를 선물해주고 싶다는 생각이 들었습니다. 낡고 때 묻은 옷 대신 깨끗한 새 옷을 입혀주고 싶었기에, 이렇게 개정판을 출간하게 되었습니다.

개정판을 준비하며 책장 한편에 꽂혀 있던 이 책을 무척 오래간만에 꺼내 들었습니다. 그리고는 제목을 아주 작은 소리로 가만히 읊조렸습니다. 살아 움직이지도 않고, 그렇다고 호흡을 하는 것도 아닌 고작 한 권의 책에 불과함에도, 지난 5년간의 수고에 감사를 전하고만 싶어졌습니다. 많은 이들의 사랑에 관여했고, 또 누군가의 삶을 지탱했으며, 안쓰럽게 찢기어진 몇몇 사람의 마음을 어설프게나마 봉합해왔을 이 책과 그 속의 글들에 무언가 보답을 해야만 할 것 같았습니다. 그리고 이러한 생각으로부터 파생된 고민은 끝끝내 '다시금 많은 사람에게 읽히게끔 해주는 것'이라는 결론으로 매듭지어졌습니다.

이 책을 처음 쓰던 때의 저는, 삶의 대부분을 이루는 것은 필시 사랑이어야만 한다 여기던(지금도 그 신조에 큰 변화는 없습니다만) 사람이었습니다. 사랑으로 아끼고 가꾸는 것들의 집합체가 곧 나의 취향이 되고, 더 나아가 그 취향은 내 삶의 기반이자 올바른 방향성이 되어준다고 확신했기 때문입니다. 하지만 어느 정도의 시간이 흐르고 그 세찬 흐름 위를 모난 돌멩이처럼 투박하게 거닐다 보니, 과연 내가 굳게 믿고 있는 이 사랑이 현실보다도 우위에 있을 수 있는가 하는 의심이 짙어지기 시작했습니다.

이제 더는 이 세계에 동화 같은 사랑은 존재하지 않는 걸까? 가진 여름을 전부 준대도 받은 겨울이 월등히 많은 풍족한 사랑은 허구가 되어버린 걸까? 그렇다면 사랑만을 좇아 여기까지 떠밀려온 나는 틀린 질문에 얽매인 오답이 되어버린 걸까? 꼬리에 꼬리를 문 의심은 곧 상실감이 되고, 절대 이겨내지 못할 것만 같은 상실은 머지않아 저를 무력하게 했습니다. 하지만 그 패배의 기운은 그리 오래가지 못했습니다. 제가 그토록 맹신하며 따르던 사랑을 다시금 목격하고 직접 경험했기 때문입니다. 사랑은 지난날과 조금도 다름없는 모습으로 존재하고 있었습니다. 먹구름에 가려진 파란 하늘처럼 현실의 고통과 내면의 어지러움에 뒤처진 채 버젓이 서 있었습니다. 사랑은 한 번도 변한 적이 없는데, 정작 기괴하게 변해버린 제가 그 사랑을 함부로 재단하고 미워했던 것입니다.

이 책의 개정판 집필은 이것으로부터 시작됐습니다. 개정판이랍시고 수록된 모든 글을 수정하고 더 좋은 문장들로 갈아 끼우고 싶은 욕심도 있었지만, 이 글들은 제가 지난 어린 시절 몸소 느꼈던 삶과 사랑의 모습처럼 이곳에 그대로 두기로 했습니다. 특정 사건이나 시대의 사회상을 담고자 하지 않았기에, 문장이 미숙하고 유치하더라도 부끄러워하지 않기로 했습니다. 다만, 앞서 말한 것처럼 새로이 목격하고 경험한 사랑에 관해서 쓴 글을 몇 꼭지 추가하는 것으로 이 책을 다시금 세상에 내보이고자 합니다. 제가 스스로 잃어버림을 자처했던 사랑을 다시금 만나고야 말았을 때 형용할 수 없는 성취감을 느꼈듯이, 당신 또한 억압된 마음과 조금씩 가라앉는 낭만을 이 책을 통해 구해낼 수 있기를 간절히 바라고 있습니다.

5년이라는 시간이 지났지만, 저는 이 책이 여전히 이 세상의 모든 감정과 모든 관계들의 마음에 조용히 스며들게 되었으면 합니다.

그리고 또 여전히,
때로는 사랑스럽게. 때로는 사무치도록 아프게.
때로는 도저히 이길 수 없을 만큼의 공허함으로.

그렇게 우리는 계속해서 삶을 살아갈 것입니다.

2023년 3월
하태완 드림

생각이 많은 밤을 보낸 너에게

PART 1

모든 걱정은 잠시 내려놓기를

모든 순간이
너 그 자체였음을

나는 네가 행복했으면 좋겠고,
눈물은 조금만 흘렸으면 좋겠고,

적당히 여유로웠으면 좋겠고,
행복한 사랑을 했으면 좋겠고,

더 이상 무너지지 않았으면 좋겠어.

지금까지의 모든 순간이
너 그 자체였음을
절대 잊지 말고 살아.

너는 그 순간순간에
너도 모르게 단단해진,
행복할 준비가
충분히 되어 있는 사람이니까.

자그마한 여유를 너에게

발걸음의 보폭이 꽤나 넓어졌어.

지는 해에 미련을 두지 않는 법을 알게 됐고,

버스 창가로 쉴 틈 없이 지나가는 푸름에

깊은숨을 들이쉬고 내쉬기도 하게 됐어.

평범한 일상에 자그마한 여유를 묻히는 것만으로도

삶이 무척이나 윤택해지는 것 같은 기분이 드는 듯해.

왠지 모를 기대가

종착지 없는 설렘을 끝없이 담아내기도 하며,

내 옆에 머무는 사람들에게

다시 한번 깊은 고마움을 느끼게 해주기도 하고.

그래서 우리는

여행을 떠나는 건지도 몰라.

생전 밟아보지도 못했던 곳의 아스팔트는
그 고유의 삭막함보다는,
마치 잔디를 깔고 누운 듯한 편안함을 가져다주거든.
도저히 가질 수 없을 것만 같았던 어렵게 낸 여유는,
계획 없이 떠나는 여행에서 비로소 그 빛을 발하곤 해.

어쩌면 여행에서
비로소 온전히 나를
제대로 바라볼 수 있게 되는 걸지도 몰라.

그러니 우리는 모두 눈이 부시는 것이 두려워,
눈을 감아버려서는 안 되는 일이야.
쏟아지던 햇빛이 걷히면, 무언지 모를 광활함에
미소 짓게 될 것이 분명하니까.

우리의 여행은
그때부터가 시작일지도 몰라.

당신,
잘한 거예요

그 선택에 후회하지 마세요.

그 순간에는 그 선택이
당신의 최선이자,
최고의 선택이었을 테니까요.

당신, 분명 잘한 거예요.

자신을 진심으로
사랑하는 법

당장 너를 괴롭히는 것들에
크게 연연하지 않았으면 해.

진심으로 우러나지 않은 말들을
의미 없이 많이 내뱉지 않았으면 해.

너의 진가를 알아주는 이들에게
감사를 자주 표현했으면 해.

그게, 자신을 진심으로 사랑하는 방법이야.

혼자가 편한 척

항상 그랬다.

나는 말을 융통성 있게 잘하고, 남을 먼저 생각하는 법을 알고, 때로는 무척이나 개인적이며 정말 가끔은 이기적일 때가 있지만, 누군가의 가슴에 비수를 습관처럼 꽂는 사람은 아니라서. 이러한 이유들 덕분에 많은 사람이 처음에는 나를 미소로 대한다. 또한 나에게 정말 좋은 사람이라 칭찬을 해주고. 나는 그 칭찬이 좋아 매번 선의를 베풀기 위해 노력을 한다.

하지만 딱 거기까지.

내가 수십 수백 번이고 가슴 깊숙한 곳에서 꿀렁이는 무언가를 참아가며 받아주고 또 달래줬던 타인의 감정 기복. 그 감정 기복이 나에게도 가끔은 당연하게 찾아오고는 한다.

무거운 우울과 평소 같은 밝음의 지나친 반복.
누군가의 상처를 안아줄 줄만 알았던 나는, 정작 나 자신의 아픔을 위로받는 방법은 알지 못했던 것이다.

그런 나의 모습에, 그런 나의 어리숙하고 어른스럽지 못한 모습에 애초부터 나의 에너지를 보고 다가왔던 사람들은 곧장 등을 돌리고 만다. 그 탓에 나는 살아온 시간에 비해, 곁에 머무는 사람이 턱없이 부족하다. 어쩌면 지금 이 순간에도 내가 믿는 사람의 마음에서는 내가 지워진 지 오래일지도 모를 노릇이다.

나는 내가
세상에서 혼자가 편한 척을
가장 잘하는 사람 중 한 명이라고 생각했다.
그러니까, 나는 항상 그랬다.

버릇처럼, 마치 의무처럼 그렇게 사람을 잃어왔다. 하지만 더 이상 같은 실수를 반복하지는 않을 것이다. 놓쳐서는 안 될 사람이 누군지, 어떻게 사랑해야 하는지 이제는 어렴풋이 알 것 같기에.

다
잘될 거야

너는 네 나름 최선을 다해서
맡은 일을 열심히 하고 있는 것뿐인데

너에게 아픈 일들이 자꾸만 생겨나는 건,
모두 다

나중에 너에게 좋은 일이 생기려고,
더 크게 행복해지려고 그러는 걸 거야.

괜찮아, 분명히 다 잘될 거니까.

우리는 그저 깊은 계절에 한껏 안겨서
서글픔과 어쩔 수 없었던 침묵을
나란히 묻는 거야.

그리고 앞으로 다가올 좋은 일만
가만히 세어보는 거야.

작은 기쁜 일들이 모여 더 큰 행복을 주기를…
우리가 할 수 있는 최선을 다해서.

누군가를
사랑한다는 것

나는 있잖아,

그토록 싫어하고 미워하던 '요즘'이 좋아진 요즘을 살고 있어.

모두가 잠든 새벽, 눈에 밤공기를 담기 위해 열어젖힌 창문에도, 잠을 조금 더 잘 자기 위해 틀어놓은 노래에도, 잠에 들고서 내 세상을 가득 채운 꿈속까지도 잔뜩 묻어 있는 네 향기가 너무도 마음에 드는 탓이야. 그러니까, 내가 드디어 행복한 삶을 살고 있다며 기뻐할 수 있는 매일을 살고 있다는 말이겠지.

그리고 이 모든 건
'너로 인해'라는 말로 시작되어야
비로소 완성되는 문장들인 거야.

누군가를 사랑한다는 게, 누군가의 사랑하는 사람이 된다는 게 이토록 황홀한 기분을 가져다준다는 사실을 조금 더 일찍 알았다면 좋았겠다, 싶어. 물론, 이 행복의 시기가 언제이든 간에 그 대상은 너여야만 하는 거고.

정말 오랜만에 공기가 꽤 선선한 새벽이야. 새벽 냄새를 좋아한다는 나의 말에, 나도 새벽 냄새를 좋아한다며 신나서 이것저것 얘기하는 네가 사랑스러운 시간이기도 해.
요즘은 내가 천문학자라도 된 듯, 이 시간 즈음의 별을 올려다보는 것이 좋아졌어. 무슨 이유에서인지는 모르겠지만, 그냥, 정말 '그냥' 예쁜 것들과 반짝이는 것들을 많이 찾게 돼. 어쩌면 많이도 어지럽혀져 있던 내가, 너로 인해 맑은 사람이 되는 과정이겠거니, 생각하며 계속해서 습관처럼 그런 것들을 찾는 건가 봐. 나도 모르게 말이야.

오늘도 어김없이 내 새벽을 감싸주는 네가 고마워.
그 고마움 속에 웃는 너는 정말 예쁘다. 지금의 새벽은 피아노 연주도 곧잘 하는 것 같아. 제법 봄을 풍기는 멜로디를 흘려내는 걸 보면.

어렵겠지만, 지금 내게 있어서 아름답지 않은 게 무엇일까, 라는 고민이라도 해봐야겠다는 마음이야. 이제는 행복도 내게는 사치가 아닌 게 된 거지. 내가 지금 무엇보다 보고 싶은 사람. 있잖아, 너는 오늘도 내가 아는 모든 아름다움보다도 몇 배는 예쁜 것만 같아.

아니,
너는 오늘도 어김없이 예뻐.
그 무엇보다도.

아이처럼 사랑하기

사랑에 있어서만큼은
성숙해지고 싶지가 않다.

지겨울 정도로 투정 부리고 싶고,
한껏 들뜬 마음을 숨기고 싶지도 않다.

그러니까,
사랑에서만큼은
철없는
아이처럼.

너
하나야

네가 정말 어떤 사람인지도 모르는 사람이
너를 아프게 하려고 작정해서 내뱉은 말을

너무 깊숙한 곳에 다 담아둬 버리면,
결국 무너지는 건 너 하나야.

그러니 부디,
무너지지 마.
상처받지 말아줘.

너는 꽃처럼 피어나기만 하면 돼

네가 가는 길은 모두 봄이고,
네가 보는 것은 모두 따뜻하고,
네가 하는 것은 모두 밝을 테니,

너는
그 속에서
꽃처럼
피어나기만
하면 돼.

이상한 날

괜히 그런 날 있잖아요,

누구든 껴안고 울어버리고 싶은 날.

그런데 웃긴 건,

꼭 그런 날이 찾아올 때면

내 곁에 아무도 없어요.

정말로.

요즘,
이상하리만큼
많이 힘들죠?

요즘, 이상하리만큼 많이 힘들죠?

타인이 내게 무심코 던지는 작은 말에 마음을 베이기도 하고, 쉽게 지나칠 수도 있었을 법한 상처를 굳이 담아두게 되며, 온통 쓸쓸함으로 가득 찬 방에 누워 새벽을 지새우는 날들이 많아졌겠죠. 반복되기를 원치 않는 지난날이 괜스레 그리워서 마음 한구석이 많이 망가져 있을 거예요. 그렇지만, 그런 지금일수록 이것 하나는 꼭 알아두었으면 해요.

당신이 지금
서글프게 울면서 무너져 버린 것 같다고 해서,
앞으로의 날들에 남아 있는 행복과 기회들이
모두 사라져 버린 것은 결코 아니라는 것을요.

그거 아세요?

벚꽃은 활짝 피어 있을 때도 물론 아름답지만 더 이상 힘에 부쳐 바닥으로 떨어지는 그 순간이 훨씬 아름답다는 것을요.
당신은 제 역할을 다하고 바닥으로 떨어지는 그 모습마저도 아름다운 벚꽃 잎 같은 사람이에요. 지금은 다시 새로운 꽃을 싹 틔울 수 있는 준비 과정 같은 거라는 말이에요.

이름도, 얼굴도 모르는 당신이지만,
당신, 왠지 참 멋진 사람일 것만 같아요.

어느 봄날의 산책

오늘은 날이 무척이나 좋은 탓에
그간 잘 나가지 않던 밖에 나가보았어.
아파트 단지를 지나, 근처 초등학교도 둘러보았고.
때마침 점심시간인지라 아이들의 기분 좋은 웃음도
조용하게 이리저리 퍼졌지.

눈이 꽤 나쁜 편이지만, 일부러 렌즈도 끼지 않았어.
덕분에 아직은 서툴게 스며드는 봄 내음을
한껏 들이쉴 수 있었다고, 그렇게 생각해.
그리 멀리 나갈 거라고는 생각하지 않았지만,
걷고 걷다 보니 어느새 내가 사는 아파트가
저 멀리에 까마득히 솟아 있는 모습을 볼 수 있는 곳까지
그렇게 걸어갔어.

문득, 이제는 돌아가야겠다는 생각이 들어
발걸음을 돌렸어.
일부러 왔던 길을 그대로 돌아가지 않고,
횡단보도를 건너 반대편의 길로 들어섰지.
지금까지 왔던 길과는 달리, 햇볕이 잘 드는 탓인가
봄을 알리는 여러 꽃들이 내 시선을 삼켰어.

실력이 그리 좋은 편은 아니지만, 그 어여쁨을 담고 싶어
주머니를 뒤적거려 핸드폰 카메라를 꺼냈어.
이곳은 날이 따뜻해서인지
봄을 알리는 벚꽃들이 벌써부터 활짝 웃어 보였고,
차례로 색색들이 예쁜 봄꽃들이 가는 길을 꾸며주었지.

정신없이 그것들을 사진에 담다 보니
어느새 집 앞까지 어렵지 않게 도착할 수 있었어.
왠지 모를 아쉬움이 발목을 붙잡고 놓으려 하지 않았지만
모든 봄을 뒤로한 채 발걸음을 떼었어.

집에 돌아와서 나름 열심히 찍은 사진들과
자연스레 마음 깊숙한 곳에 담긴 장면들을 보다가,
나도 모르게 "아, 예쁘다."라는 감탄이 나왔어.

세상에는
예쁜 것들이 너무나도 많이 있지만,
이렇게 사소한 것들에서 오는 아름다움에
사람의 마음을 진심으로 움직이게 하는
힘이 있다고 믿어.

그리 큰 의미가 있는 글은 아니지만,
오늘 담아온 아름다움들이 넘치도록 흘러서
더 많은 이들과 나누고 싶다는 마음으로 써 내렸어.

봄이야.
사소한 것들을 사랑할 줄 아는,
곁에 머무르는 당연함을 사랑할 줄 아는,
잊혀가는 모든 것들을 사랑할 줄 아는
그런 사람이 되고 싶게 만드는 계절.

내가 좋은 사람이 되고 싶다는 생각이 들게 하는,
그런 사랑 같은 계절.

봄이야.

한결같은 사람

무엇보다,

언제나 한결같은 사람이 좋다.

처음과 달리

나에게 무관심한 사람이 아닌,

떠날 것 같다는

불안감이 들지 않게 해주는 사람.

너를 충분히 마음에 담아두었다고

너를 처음 만난 게 그러니까 덥지도 않았던,
아마 퍽 싱그러웠던 때였던 것 같아.

꽤 사람이 많은 곳에서 마주했음에도 네 모습은 당연히 남부럽지 않을 만큼 맑았고, 그 미소 또한 아직까지 내 뇌리에 깊게 스치듯 남아 있어. 참 신기한 거 있지. 그 별거 아닌 한 장면이 뭐라고 나는 너를 떠올리는 것만으로도 두 볼이 붉어지는지 몰라.

물론, 첫 만남이라 어색했지.

조금은, 아니, 오른발에 오른팔로 걸어 나갈 만큼 꽤 많이 정신이 없었던 것 같아. 아마, 나 혼자만 갈팡질팡하며 두 눈을 어디에 두어야 할지 몰랐겠지만, 그런 건 이제 전혀 문제가 되지 않아.

내가 너를 습관적으로 걱정하게 된 이후로는. 내가 너를 그저 '너'라고만 생각하지 않게 된 이후로는.

내가 너와 함께이고 싶은,
함께하고 싶은 것들은
그리 특별하다 할 만큼 거창한 것들이 아니야.

그저 작은 물줄기 뿜어져나오는 동네 호수의 산책로를 두 손 맞잡고 걷는 거. 오랜 친구를 만나는 듯한 편한 복장으로 만나, 동네 밥집에서 서로의 주린 배를 채우는 거. 너와 조금은 어두운 공간에 함께 누워서 차가운 바깥을 바라보며, 따뜻한 핫초코를 마시는 거. 이 정도면 나 충분히 행복하다고, 널 충분히 마음에 담아두었다고 말할 수 있을 것만 같아.

잔디밭 선율

우리는 그저 두 손 맞잡고

어느 봄날의 잔디밭을 거닐었을 뿐인데

걸음걸음마다 따뜻한 음악이 흐른다.

폴짝폴짝,

사랑은 한낱 들풀마저도
그 소리가 아주 예쁜 악기로 만드는 거야.

오늘도 고마워

나 자신이 아닌 다른 사람에게
이토록 간절해 본 적은 처음이야.

네 표정 하나하나에 계절이 바뀌는 듯한 느낌을 받기도 하고, 네가 날 보며 웃어주기라도 하는 날에는 만져보지도 않은 무지개를 만진 느낌이라며 떠들고 다닐 것만 같은 기분이야. 이제껏 내가 모든 관계에 쏟았던 노력은, 애써 내 마음을 숨기려는 것들뿐이었는데, 지금은 달라. 할 수만 있다면 가슴을 갈라서라도 너에게 내 진심을 보여주고 싶어. 그만큼 지금 내가 너를 미치도록 아끼고 있다는 말이야.

그리고 있잖아.

나는 한 번도 나의 타고난 성격을 원망하거나 바꿔보고 싶어 한 적이 없었어. 그런데 너를 알게 된 후부터는 이 내성적인 성격이 너무도 미워지는 거야. 조금 더 사랑한다고, 내가 지금 너를 참 많이 좋아하고 있다고 한껏 보여주고 싶은데, 그게 잘 안 되니까. 너는 그렇게 답답해하는 나를 보고서 다 이해한다고, 언제까지나 기다리겠다며 나를 달래주고는 하지만, 미안함이 눈물샘처럼 부풀어 오르는 이 느낌이 나는 정말 싫어.

너는
말로 설명할 수 없을 만큼
사랑스러워.

그 어떠한 수식어도 부족하다고 생각될 만큼 네가 좋아. 무슨 일이 생겨도 달라지는 건 없을 거야. 아무것도 안 변해. 그러니까, 감히 내가 너와 평생을 함께하고 싶다는 생각을 확신처럼 갖고 사는 것 말이야. 우리가 발을 딛고 있는 행성이 바뀐대도 그것만은 안 변할 거야. 약속할게.

오늘 하루도 고마워.

나 좋아해줘서 고맙고. 좋은 꿈꿨으면 좋겠다.

자신감과 긍정

별거 아닌 것 같겠지만
지금 당장에 바라던 것들을 놓쳤을 때,

'나는 어차피 잘될 거니까.'

라고 생각하는 것이
무엇보다 중요하다.

그런 자신감과 긍정적인 생각들이
결국에는 당신을 그토록 바라던 곳에
데려다줄 것이 분명하니까.

가끔은
걱정은 내려놓고
멋대로 살아봐요

가끔씩은 마음대로 한번 살아봐요. 그 어떤 눈치도 보지 말고 정말 자기 마음대로 말이에요. 몇 날 며칠을 새워가며 공부하던 책을 덮어두고, 하늘에 멍하니 떠 있는 달을 멍청하게 바라보기도 해봐요. 구름에 가린 달이라도 괜찮아요.

그 지긋지긋한 책 속의 글자들을 쳐다보는 것보다는,
어찌 됐든 마음이 한결 편해지는 일일 테니까.

괜찮아요. 공부가, 자격증이 전부는 아니란 말이죠. 아직 끝마치지 못한 과제가 수도 없이 쌓여 있더라도 뭐 어때요. 나와 별반 다를 것 없이 누워서 시간만 보내고 있을 것 같은 친구에게 전화하는 거예요. 맥주나 마시러 가자고, 이왕이면 안주는 치킨으로 하는 게 어떠냐고, 아 참! 그것보다 좋아하는 사람이 생겼는데 고민 좀 들어달라고 하면서 말이에요.

정말 별거 없어요. 이제껏 죽어라 공부하고, 이력서에 박아넣을 그 잘난 스펙 쌓느라 속 썩이고, 직장 상사의 샌드백으로 살아오느라 딱 죽을 노릇인데, 그 소소한 맥주 한 캔과 친구와의 수다가 그렇게 사치인가요? 아니에요, 당신은 순간을 즐길 자격이 있어요.

언제까지
아직 보지도 못한 뒷일 걱정으로
오늘을 살 작정인 거예요.
지금 당장 즐거운 일을 해야죠.

정 찝찝하다는 생각이 든다면 바지 주머니에 볼펜 하나 끼워놓고 '나는 방금까지 공부하다가 잠시 쉬는 거야.'라는, 그런 생각으로 있으면 되죠. 복잡하게 생각하지 마요. 하루쯤은 연어 초밥 잔뜩 싸 들고 앞이 탁 트인 공원으로 가버리는 것도 좋아요. 수업 하루 쉰다고 해서 감옥 가는 건 아니잖아요. 회사 하루 안 간다고 해서 당장 길바닥에 나앉는 것도 아니고.

그래도 속이 안 풀린다면 가까운 동전 노래방 많잖아요. 주머니에 있는 천 원짜리 한 장 넣고 냅다 질러버려요. 노래를 못 불러도 괜찮아요. 가수 아닌데 어쩌라고요. 노래 잘했으면 내가 노래했지 이렇게 있겠냐고, 라는 생각으로 그냥 불러요. 속이 다 풀릴 때까지. '나 좀 멋진 것 같은데?' 라는 생각이 들 때까지.

살아보려고, 사람처럼 한번 살아보려고
대학을 가고, 취직하고, 꿈을 좇는 당신이
진짜 멋진 게 아니면
도대체 뭘 보고 멋지다고 해야 할까요.

이 글을 읽는 당신은 분명 멋진 사람이에요. 과제를 잔뜩 미뤄두고 휴대폰을 만지다가, 내일 출근이라는 생각에 머리를 쥐어뜯으며 휴대폰을 들여다보다가, 잠들기 전에 책 한 번만 더 봐야겠다며 보다가 이 글을 보고 있을 당신이 나는 제일 예쁘고 멋있어요. 너무 부러워, 그렇게 멋질 수가 있을까.

각박한 삶 속의 피폐해진 당신이라도 괜찮아요. 어찌 됐든, 포기 않고 나름대로 잘 살아가고 있으니까요. 응원할게요. 비록 얼굴도, 나이도, 성별도 모르는 당신이지만 진심으로 응원해요. 당신을 정말 각별하게 아껴요. 그 누구보다 멋진 색깔을 가진 당신이기에, 누구보다 멋진 그림을 그려갈 수 있을 거예요.

마음이 원하는 일을 하세요,

뭘 해도 잘될 당신.

너의 하루는 무의미하지 않아

오늘은 정말 무의미한 하루였다며
홀로 자책하고 있을 네가 걱정돼.

나는 네가 이것 하나만큼은
꼭 알아줬으면 좋겠다는 마음이야.

네가 겨우겨우 버텨가며 보낸 오늘 하루는
결코 무의미하지 않았다는 것을 말이야.

무언가 이루어진 것이 없다고 해도,
너는 오늘 최선을 다했을 테고
충분히 나름의 노력을 다했을 테니까.

결과만 중요하고
그 과정은 중요하지 않게 생각하는 게
요즘 우리가 살아가는 세상이라지만,
그 속에서도
너의 그 소중한 과정을 알아주는
너만의 소중한 사람들이 분명히 있어.

주눅 든 너의 모습이 걱정되면서도
네가 참 멋지다고 생각하고 있는
나처럼 말이야.

그러니까 무너지지 않아줬으면 좋겠어.
너의 모든 순간은 무의미하지 않아.

진정한 행복

보고 싶던 계절에

보고 싶던 사람과

보고 싶던 무언갈

두 손 맞잡고 볼 수 있다는 것.

그게, 얼마나 큰 행복인지 몰라.

놓쳐서는
안 되는 사람

네가 어떠한 모습을 하고 있든 간에,
아무런 편견 없이
너를 대하는 사람을
절대 놓쳐서는 안 돼.

그런 사람은
앞으로도 변함없이 네 편에 서서
너를 응원해줄 사람이니까.

네가
행복했으면 좋겠다

나는 네가 진심으로 행복했으면 좋겠다.

말 그대로 '진심'으로 말이다.
절대적으로 돈이 많아서,
그 덕에 많은 걸 할 수 있어서
행복했으면 좋겠다는 게 아니고,
정말 마음에서 우러나온 미소가 지어질 만큼
그렇게 진심으로 행복했으면 좋겠다.

물론, 금전적으로 풍족해서
하고 싶은 것들을 모두 할 수 있다면 좋겠지만,
그렇게 얻은 행복은 절대 오래가지 못한다.

그러니까, 나는 네가
사랑하는 사람과 뜨거운 사랑을 하며
매일을 설렘 속에 살았으면 좋겠고,
아끼는 친구와 싸우지 않고
오래도록 함께했으면 좋겠고,
가족 모두가 건강해서
절대 아프지 않았으면 좋겠다.

이렇듯 네가 잊고 살고 있을
네 삶 속의 모든 사소함으로 인해
네가 그 예쁜 웃음을 자주 지을 수 있게 되었으면 좋겠다.

너는 내가 아는 사람 중에
웃는 모습이 가장 예쁘고,
가장 행복하게 지냈으면 좋겠다고 생각하는
그런 사람이니까.

일상에 지친 당신이
꼭 읽었으면 하는 글

너무하다 싶을 만큼 삭막한 요즘을 살고 있을 네가 꼭 알았으면 하는 것이 있다.

바로, 네가 해결되지 않는 고민들 사이에서 받은 상처에 고립되어 있을 때도 시간은 계속해서 흘러간다는 것. 그리고 그 시간은 흘러감과 동시에, 너도 모르게 네 아픔들을 함께 씻어간다는 것을.

그러니 너 스스로
자신을 질책하며
어디론가 숨으려 들지 않았으면 좋겠다.

많은 노력을 기울임에도 불구하고 아무도 눈길조차 주지 않는 너의 꿈과 미래, 가차 없이 등을 돌린 친구들, 그렇다 할 이유 하나 말해주지 않고 떠난 옛 연인까지도 절대로 네 탓이 아니다.

물론, 네가 지금 품고 있는 상처의 깊이와 크기가 어느 정도인지는 짐작할 수 없지만, 너는 어떠한 경우라도 충분히 현재의 혼란을 잘 풀어갈 수 있는 사람이다. 비록 그 상처가 아무는 과정이 무척이나 괴로울지라도.

그렇지만 너는 단단한 사람임에 틀림없으니까
모두 잘 견딜 수 있을 거라 믿어 의심치 않는다.

그러니까, 너는 그 시간의 흐름 속에서 '포기'라는 단어만 떠올리지 않으면 된다.
잠시 휘청해 넘어진다고 해도 정말 괜찮다. 남모르게 옆에서 너를 응원하고 있을 많은 네 편이 너를 일으켜 세워줄 테니까.
걱정하지 마라. 지금 네 마음속은 어둠이 유난히도 긴 겨울일 뿐이다. 그 차디찬 계절이 지나고 나면, 너의 삶에도 꽃 내음 물씬 풍기는 따스한 봄날이 찾아들 것이다.

시련이라는 높은 벽

지금 눈앞에
내 능력보다 더 높은 것만 같은
문제의 벽이 세워져 있다고 해서
걸어오던 길을 다시 돌아가려 하지 마세요.

그럴 때는 과거의 나와
지금의 나를 비교해가며 생각해봐요.
혹시 그때 내가 절대 할 수 없을 거라 생각했던 것을
지금은 너무도 당연하게 해낼 수 있게 되지는 않았는지.
그때는 조금도 몰랐던 지식들을
지금은 완벽히 나의 것으로 만들지는 않았는지 말이에요.

지금 당신 앞에 서 있는 시련도 분명 똑같을 거예요.
지금은 절대 넘을 수 없을 것만 같겠지만,
부딪쳐 보고, 아파도 보고, 넘어지기도 하다 보면
훗날의 나에게는 고작 한 걸음으로도 넘을 수 있는
낮은 벽이 되어 있을 테니까요.

무너지지 마세요.

그러기에는 당신,
이미 너무 눈부시게 빛나고 있는걸요.

순간에
최선을 다하기

다가오는 무언가를 두려워하지 않기
일상 속의 어떤 것이든 미루지 않기
지나간 기억들에 마음 아파하지 않기

무엇보다,
사랑에 있어서는 계산하지 말고
그 모든 순간에 최선을 다하기.

좋은 사람을
만나는 것만으로도

정말 괜찮은 사람을 만나는 것만으로도

무너진 것 같았던 마음이

다시 보란 듯이 굳건해질 때가 있다.

좋은 사람이 풍기는 좋은 향기는

필히 나에게

따뜻한 응원으로 스며들기 때문에.

타이밍

믿기지 않을 수도 있겠지만,
사랑은 굳이 억지 노력으로 찾으려 하지 않아도
다가오게 되어 있다.

그런 타이밍이 왔을 때,
한눈에 알아보고 놓치지 않을 수만 있다면,
그 갑작스러운 사랑이 인생에
최고의 순간을 안겨줄 수도 있다는 말이다.

혹시 아는가?
어쩌면 벌써 그 타이밍이
곁에서 툭툭
당신을 건드리고 있을지.

삶의 이유

때로는 생각지도 못한 곳에서 소소한 행복을 느끼고는 해.
비록 그때의 상황이
마냥 웃을 수만은 없는 순간이라고 할지라도,
정말 작은 것에서 오는 어여쁨이 있기 마련이거든.
어찌 보면 우리가 하는 행동과 생각 하나하나에도
각자의 색이 묻어 있기 때문일 거야.
펑펑 울어버리고 싶을 만큼 힘들더라도,
나의 미소를 찾게 해주는 몇몇의 작은 행동에

조금은 거창하지만,
살아갈 이유를 찾기도 하니까 말이야.

참 사랑스럽네요, 당신.

굳이 다른 말을

덧붙일 필요는 없겠어요.

결국 승자는 네가 될 거야

모든 일에 있어서
무조건 최고가 되려고 욕심부린다면
필히 그 무게를 이기지 못해
쓰러지게 될 거야.

너는 더도 말고 덜도 말고
지금 네가 할 수 있는 만큼만 하면 돼.

네 능력이 부족하다며 손가락질하는 사람들은
자신의 아래쪽밖에 볼 줄 모르는 사람들일 뿐이야.
너는 그냥 계속해서
네가 최선을 다해서 할 수 있을 만큼씩만 해가며
그렇게 조금씩, 아주 조금씩만 올라가면 되는 거야.

가장 중요한 건,

그 순간과 상황에 최선을 다하는 거니까.

졌더라도 아무 상관없어.

꾸준히 위를 보며 조금씩 나아간다면

결국 마지막에 이기는 사람은

네가 될 테니까.

감정에 솔직해진다는 게

자신의 감정에 솔직해진다는 게
얼마나 어려운 일인지 모른다.

보고 싶은 사람에게
보고 싶다고 말하지 못하는 것과,

사랑하는 사람에게
사랑한다고 말하지 못하는 걸 보면.

연애는,
이런 사람을 만나서
하는 거야

이런 연애가 하고 싶다. 늘 1분 1초가 모두 설레지는 않더라도, 한 번 안아보는 것만으로 하루의 힘듦이 모두 씻겨 내려가는 듯한 기분이 드는 연애. 그냥 평소에 자주 먹던 음식을 같이 먹고, 오늘은 날씨가 참 춥다는 말에 추우면 꼭 붙어 있으면 되는 일이 아니냐는 대답으로 그 순간을 따뜻하게 만들 수 있는 연애. 매번 헤어지는 시간이 아쉬워서 잡은 손을 쥐고 놓아주지 않으려 애쓰게 되는 연애. 이렇게 나에게만 포근한 솜이불 같은 사람을 만나서, 매일을 편안한 기분으로 행복하게 살고 싶다. 그 행복이 깨지지 않도록 서로가 서로에게 깊은 사랑을 끊임없이 건네주며 환하게 웃고 싶다.

오래도록,

어쩌면 영원할 수 있도록.

지나간 것들을 그리워한다는 건

지나간 것들을

그리워한다는 건,

그때

놓고 온 미련일까,

현재

부딪힌 실망일까.

눈물 나게
아름답고도 슬픈 영화의
주인공이 되고 싶다면

정말 별거 없을 것 같아.

사랑이 없다면, 좋아하는 음악이 없다면,
좋아하는 색깔, 좋아하는 계절이 없다면.

그러니까 이제는 사랑을 시작해야지.

생에 한 번쯤은 감성적인 사랑 영화의
눈물 나게 아름답고도
슬픈 주인공이 되어보고 싶다면 말이야.

자신의 애인을 자랑하고 싶어 하는 사람

자신의 애인을 어디에서든지 자랑하고 싶어 하는 사람과의 연애는, 가히 황홀할 거라 상상해본다.
핸드폰 배경 화면을 자신의 애인 사진으로 설정해놓고, 시시때때로 주변인들에게 자랑을 한다든지, 자신의 가족에게 애인을 소개해주고 싶어서 안달이 났다든지, 친구끼리의 술자리에서 자신의 애인 자랑으로 한순간을 채울 수 있는 사람 말이다.
사랑하는 사람의 모습을 누군가에게 자랑하고 싶은 마음은 어찌 보면 정말 당연한 거겠지만, 그 당연함 속에 담긴 마음이 얼마나 어여쁜지 우리는 알아야 한다.

보고 싶어요

떨어져 있는 시간이 고작 찰나에 불과하다 한들, 금세 속 깊숙이 예열되어 애틋해지는 당신이. 하루도 거르지를 않고서 들숨처럼 절절히 찾게 되고, 금은보화보다도 귀히 여기게 되는 연홍빛의 당신이 날마다 보고 싶어요.

본디 사랑은 시간의 세찬 흐름에 아주 비례하여 빠르게 퇴색된다 하던데, 왜 나는 당신이 점점 좋아지기만 하는 걸까요? 동네방네 내가 당신을 흠뻑 사랑하고 있다는 것이 소문으로 널리 퍼져도 좋을 거예요. 지독한 팔불출로 놀림당하는 것이 하나도 부끄럽지 않아요.

이처럼 누군가를 다정한 시선으로 진종일 바라보고 싶어진다는 거, 언제 어디서 얼굴을 마주하든 늘 반갑기만 한 사람이 나의 곁이라는 거, 무엇보다 억겁의 시간인들 내내 평행하고 싶은 사람을 함성처럼 와르르 사랑할 수 있다는 거. 어디 이보다 더한 행복이 또 있을까요. 이보다 더 즐겁고 더 커다란 사랑이 이 세상천지에 또 있을 수가 있나요.

나는 지금 당신이 몹시 보고 싶어요.

이 순간, 사랑하는 너에게

PART 2

둘만의 계절이 시작되던 순간

행복하자,
우리

오늘 하루도 너무 고생 많았어.

오늘은 평소보다 훨씬 흐린 날씨였던 것 같아.

감기가 유행이라던데,

너만큼은 아프지 않고

항상 웃을 수 있었으면 좋겠어.

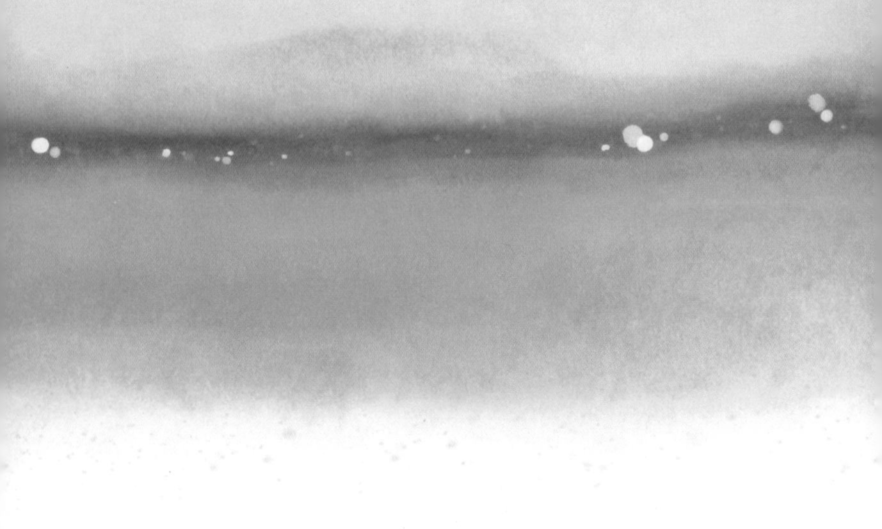

말도 안 되게 예쁜 네가 있어서,
오늘 하루는 나에게 정말
말도 안 되게 예쁜 날이었어.

앞으로도 그렇게 아름다워줬으면 좋겠다.
항상 행복하자, 우리.

너라는 사람은 나에게

너는 내게 이런 사람이야.
함께하는 모든 순간에 큰 의미가 담겨 있는, 서로에게 해주고픈 말이 뭐가 그리도 많은 건지, 마주 앉아 대화를 하면 시간 가는 줄 모르는, 음식 취향뿐만 아니라 좋아하는 음악과 사랑하는 계절이 모두 같은, 연애를 해야만 할 것 같아서 만나는 사람이 아니라, 이 사람이 아니면 사랑을 하지 못할 것 같다는 간절함으로 만나는 사람. 그러니까,

나의 모든 삶을
아낌없이 건네주고 싶은 사람이란 말이야.

부끄러울 수 있는 과거도, 너를 사랑하고 있는 현재도, 너를 여전히 사랑하고 있을 미래까지 모두 다 기꺼이 주고 싶은, 그런 사람.

이거 하나만 약속하자,
우리

지금은 우리가 눈만 마주쳐도 배시시 웃게 되고, 손만 잡아도 심장이 터질 것만 같잖아? 그렇지만 이렇게 시간이 흐르고 서로에게 무뎌지다 보면 눈을 마주쳐도, 손을 잡아도 더 이상 설레지 않는 순간이 분명히 올 거야.

그때, 그런 때가 왔을 때, 이제는 사랑이 아니구나, 라고 생각하지 말기로 하자.
너무도 익숙해져서 그런 거라고, 지금 이 익숙함은 수천 번의 설렘으로 다져진 진짜 사랑이라고 말이야.

그러니까, 우리는 남들과 다를 거라는 예쁜 자신감을 앞으로도 계속 가지고서 후회 없게 사랑하자. 이것만 약속해.

내 마음을 편하게 만들어주는 사람

마음을 편하게 만들어주는 사람을 만나고 싶다.

그저 같은 공간에 함께 있다는 것만으로도
큰 위로가 되는 사람.

주말 오후,
햇빛이 잘 드는 동네의
카페 한구석에 자리 잡아서
몇 시간이고 웃으며 수다를 떨 수 있고,
특별한 무언가를 하지 않아도
그 순간을 따뜻함으로 가득 채워주는 사람.
그런 사람을 만나고 싶다.

내가 무너지거나 헝클어지려 한다면
그 포근한 품을 기꺼이 내어주는 사람이 좋다.
자신의 상황은 모두 뒷전으로 미뤄둔 채,
나의 시선에 집중해주며,

"무슨 일이든 무조건 네 편이 되어줄게."라는 말과 함께
내 마음에 평온을 안겨주는 사람 말이다.

사랑은 다시 펼 수 없을 만큼 심하게 구겨진 삶도
마치 새 종이처럼 깨끗하게 만들 수 있는 유일한 것이니까.

사랑하는 사람을 마주하는 것만으로도
내게서 잊고 있던 순수함을 발견하게 되기도 하는 거니까.

서툰 시작

오늘은 아무래도 향이 좋은 밤공기 속을 걸었던 것 같아.

내 어깨 조금 아래에서 흔들리는 네 머리칼은
서늘한 밤하늘을 대신해 조금씩 어두웠고,

밤하늘에 콕콕 박혀 빛을 내는 달과 별처럼,
네 눈, 코, 입 어디 하나 빛나지 않은 곳이 없었던 것 같아.

그러고 보면 난 참 운이 좋긴 한가 봐.
나는 네가 귀여워. 아니, 귀엽다기보다는 우스워.

아, 쉽게 말해서
너는 나를 항상 미소 짓게 한다는 말이야.

미안해,

내가 너에 관한 건 아직 조금 많이 서툴러.

너를 처음 마주한 순간,

내가

쭈뼛쭈뼛

네게 시선을 두었던 순간,

그게

사랑이었던 것처럼.

기억해

기억해.

오늘 너의 하루는

절대

무의미하지 않았어.

지난 일은
지난 일일 뿐이야

지나간 일에 대한 미련이
대부분 가슴 아픈 이유는,

지금 자신의 상황에 비해
그때의 기억이 너무도 아름답기 때문이야.

앞으로 만들어갈 행복만 생각해,
지난 일은 지난 일일 뿐이야.

생의 모든 황홀을 품게 해준, 너에게

나태해졌다기보다는, 사랑을 하고 있다는 쪽이 조금 더 자연스러운 표현이 되겠다. 그 대상을 생각하고, 얘기하고, 만지는 것 이외에는 그 어떤 것에도 흥미가 생기지 않는 것.

분명 사랑이다.

생의 모든 황홀을 품기 위해서라면 필히 가져야만 하는 감정.
그러는 나는 이 사랑을 이어가기 위해서 무얼 해야만 하나.
내가 가진 시간과 공간을 아낌없이 그녀에게 할애하고, 틈만 나면 손을 맞잡는 것. 그것 이외에 다른 것에 순간을 낭비하지 않는 것. 이것이 나의 최선이자, 내가 누군가를 진심으로 사랑하는 방법일 것이다.

나는 본디 돈보다는
애틋한 사랑을 원했던 사람이니까.
그 사실을 잊어버릴 뻔했던 사람일 뿐,
완전히 잊어버리지 않은 사람이니까.

그러니까, 나는 어젯밤 꿈에서 너와 내가 부둥켜안고 세상에서 가장 행복한 표정을 짓고 있는 미래를 보았다는 얘기야. 이 글은, 그 장면을 보고 지나치게 들뜬 내 손과 발이 되는 거고.

나를 사랑해줘서 고마워

나를 참 많이도 좋아해주는 네가 너무도 고마워.

웃어줘서 고마워.
너와의 데이트가 약속된 날, 직장생활을 하는 너를 데리러 가기 위해 네가 퇴근하는 시간에 맞춰 회사 앞을 찾아간 나를 활짝 웃으며 맞아주어서. 기다리는 동안 너무 더웠다며 투정하는 나를 달래듯 챙겨주어서.
너의 얼굴을 쳐다볼 때면 부끄러운 듯 아이처럼 내 등 뒤로 숨어버리는 네가 너무 귀여워. 그렇게 거북이같이 얼굴을 숨겨버리는 와중에도 살짝 보이는 너의 그 눈웃음이 나는 너무도 고마워.

왠지 모르게 나를 사랑해주고 있는 것만 같아서.
그냥, 내가 너에게
특별한 무언가가 되어가고 있는 것만 같아서 말이야.

기뻐해줘서 고마워.
우리가 연애를 시작하기 이전에, 그러니까 우리가 친구로서의 만남을 가졌을 때, 너는 내 팔에 매어져 있는 팔찌를 보고서 "이 팔찌 진짜 예쁘다."라고 말을 했었지. 그래서, 너의 그때 그 말이 생각난 탓에, 나는 내가 끼고 있는 팔찌와 똑같은 것을 사다가 우리 첫 데이트였던 어제 너에게 선물했잖아.
사실 그게 그렇게 구하기 어려운 것도 아니었고, 그렇다고 가격이 비싼 것도 아니었는데, 너는 그 팔찌를 건네받고서는 그날 온종일 팔찌가 매어져 있는 팔을 보며 이거 정말 예쁘다는 말을 습관처럼 속삭였고, 내게 고맙다는 말을 셀 수 없을 만큼 해줬지. 그런데도 자신의 감사 표현이 서툴러서 혹여나 내가 상처받지는 않았는지를 먼저 걱정했던 너였어.

나는 그런 네가 너무 고마워.
사소한 것에 감사할 줄 알고,
또 미안해할 줄 아는 너의 그런 착한 마음가짐에
다시 한번 고마워.

걱정해줘서 고마워.

여느 때처럼 카톡으로 서로의 일상을 나누고 있을 때, 네가 갑자기 "나 네가 떠나지 않았으면 좋겠어."라는 말을 했잖아. 왜 갑자기 그런 생각이 들었냐는 나의 물음에 "네가 너무 좋아지니까 괜스레 불안하고, 뭐 이런저런 생각에…"라고 답을 했던 너였지.

너에게는 조금 미안할 수도 있는 얘기겠지만, 나는 너의 그런 애정 어린 걱정이 너무 고마웠어. 애정 표현이 서툰 나를 대신해서 우리 관계의 깊이가 어느 정도인지 확실히 알게 해줬으니까. 나는 이제, 깊어질 대로 깊어진 우리의 만남이 헛되게 끝나버리는 일이 없도록 가득한 애정을 네게 건네기만 하면 되는 거니까.

네가 다시는
그런 불안감으로
온 새벽을 흔들지 않도록
해줄게.

여러모로 고마워.

이렇게나 많은 것들이 부족한 나를, 이렇게나 못난 나를

아무런 조건 없이 좋아해 주는 것에 너무도 감사해.

그러니까 있잖아,

너는 나에게 있어서 사계절을 모두 써버린대도

아깝지 않을 사람이라는 말이야.

너와 함께하는 어둠이라면

사람이 사람을 이렇게까지 애정할 수 있을까.
라는, 애틋한 생각으로 한순간을 뒤덮었다.

너를 마주할 때면 마치 익지 않은 풋과일을 삼킨 것처럼
입 한가득 얼얼한 것으로도 모자라, 온몸이 저릿했다.

너는 나의 모든 것들이 내게 등을 보일 때
나를 향해서 그 심장 같은 손을 온 힘 다해 내밀었다.

온통 어둠이었던 내 세상에 찾아와
커튼을 자처하여 제 몸을 열어젖혔다.

그 틈으로 흘러들어온 빛을
너는 내게 마구 쏘아댔다, 부족함 없이.

확실히 너는
내가 확신한
그 사랑이었다.

그런 너와 여행하는 어둠이라면
굳이 빛을 찾아가며 눈을 비비지 않아도 될 것 같았다.

저물지 않는 달에게마저도
원망을 품지 않을 것 같았다.

이제는
좋은 일이 생길 거예요

당신의 요즘은 어떠한가요?

아마 누군가가 괜찮다고 등을 토닥이기라도 한다면
금방이라도 눈물을 쏟아낼 것 같은 나날들일 거예요.

지금 가지고 있는 고민들 모두 잘 풀릴 거라고
누군가 웃으며 얘기해줬으면, 하는 마음일 테죠.

지금 당신이 하고 있는 그 고민,
그 일들이 어떤 것인지는 잘 알지 못하지만,
모두 잘 풀릴 거예요.

설령 생각대로 이루어지지 않으면 또 어떤가요.
'슬픔' 뒤에 '행복'이 찾아오는 게 맞는 순서인걸요.

이제껏 타인의 눈치만 보며,
소극적인 마음 탓에 손해 보면서까지
남 좋은 일만 해왔던 당신인데,

이제는
좋은 일 좀 생겨야 하지 않겠어요?
괜찮아요, 정말 다 잘될 거예요.

그래,
그게 사랑이야

너는 어젯밤 무슨 색을 칠했길래
그렇게 맑은 얼굴을 하고서
내 눈앞에 꽃봉오리를 터트리는 걸까.

배시시 웃으며 손을 내미는 아기 고양이도,
와르르 소리를 내며 무너지는 거실의 젠가도,

미소 지으며 내게 흠뻑 안겨오는 너에 비하면
그렇게 아름다운 평범함은 아닌 것 같다는 생각이야.

그러니까, 오렌지 한 접시 우리 사이에 고이 내려놓자.
그러다 우리 손이 겹쳐지는 타이밍이 오면 그때야.

그때, 우리는 가을과 겨울을 몰래 건너뛰고
봄에 눈을 뜨자.

그러고는 원래부터 사랑했던 사람처럼
어색하지 않게 입부터 맞춰.

그리고 들려오는 고양이 울음소리에 맞춰서
서로가 누군지 확인하는 거야.

그래,
그거지.
그게 사랑이야.

따뜻한 색으로 채색된 마음

영화처럼 묘하게 흐르던 시간들이 다음을 기약하며 흩어졌다. 사랑스러운 만남 후의 아쉬움은 아름다움과 얼핏 비슷한 면이 있어서, 이후의 만남에서 너에게 미소로 모두 갚아주리라 다짐했다. 충분히 만족스러운 하루였음에도 더 해주지 못한 것들에 대한 미련이 남는 것이 조금은 안타깝지만, 한편으로는 다행스러운 일이 아닌가 생각해본다.

그만큼 내게는 앞으로
너에게 건넬 수 있는 애정이 한가득 존재한다는 것을
가장 확실하게 보여주는 증거이기도 하니까.

그러니까, 이번 만남에서 풀지 못한 아쉬움은 그것대로 아름답다고 기분 좋게 인정하는 게 너를 조심히 사랑하는 방법이라 결론지었다는 말이다.

네 한마디 한마디에는 향기가 짙게 배어 있어서 그 입을 허술하게 막아보아도 내 마음까지 깊게 스며들어, 너와 마주 보며 대화를 할 때면 온 세상에 꽃이 핀 듯한 기분이 들고는 한다. 그런 이유로 나는 가끔 네 얼굴을 뚫어져라 쳐다보고는 하는데, 너는 그 이유를 아는지 모르는지 싱긋 웃어 보이고는 한다.

그런 네 웃음이 좋아서 다시 한번 네 얼굴을 쳐다보면, 너는 또 그 이유를 아는지 모르는지 쑥스러운 모습을 너무도 사랑스럽게 표현하고는 하지. 그러니까, 사랑스럽기보다 더 사랑스러운 행동으로 그 순간을 채운다던가, 어여쁜 표정으로 "사랑해."라는, 감격스러운 칭찬을 해준다던가.

사랑하는 너를 뒤로한 채 조금은 지친 몸을 맡긴 버스에는 사람 냄새가 가득했다. 버스가 도로 위를 달렸고, 나는 내가 요즘 빠져 있는 노래를 듣기 위해 가방을 뒤적거려 이어폰을 꺼내들었다. 자그마한 이어폰에서 흘러나오는 음악은 네 숨결과 꽤 닮아 있어서 나는 또 달아오르는 얼굴을 황급히 숨겨야만 했다.

부끄러운 마음을 나름 진정시키고 내다본 차창 밖에는 노오란 가로등 불빛들이 제 갈 길 바쁘게 지나가고 있었다. 그리 호화롭지 않은 가로등 불이 연속되는 것마저도 내게는 너와의 만남의 여운처럼 길고 아름다웠다.

나는 그러니까,
네가 내 눈앞에서 호흡하지 않는 그 순간들마저도
네 생각으로 가득하고,
모든 것에 너를 입혀서 의미를 부여한다는 말이다.
그만큼 너를 사랑한다고.

정겨운 집으로 돌아온 뒤에 짐을 풀고 걸터앉은 침대의 모퉁이에서도 나는 네 생각에 여념이 없었다. 무의식적으로 한 번 훑어본 거울 속의 내 얼굴에는 네 흔적들이 가득하다. 유난히 두툼한 내 아랫입술에는 너의 잔향이 싱그럽게 아른거려서 입술을 한 번 깨물어보는 것으로 아쉬움을 달랬다.

한술 더 떠서 몸을 침대에 반만 뉘어서 너를 조금 더 가득히 떠올리니, 너는 내게 참 소중한 사람이 분명하다는 생각에 다시 한번 모든 것에 감사할 수 있었다. 그러고는 혼자 얘기했다.

앞으로 이어질 우리의 삶에서 우리의 이야기를 따뜻한 색으로 그려 넣을 수 있을 것 같다고, 무채색이 섞인 삭막한 장면을 찍을 것 같지는 않다고.

내 애정으로 싹을 틔우고
네 존재로 숲을 이루어 내자고.
우리, 수많은 것들을 품어낼 수 있을 만큼
한껏 포근해지자고.

내 사람

사람과의 관계에 있어서,

함께해온 시간은 그리 중요치 않아요.

엊그제 만난 사람이라 하더라도,

내 힘듦을 먼저 알아주고 손을 내밀어주는 사람.

그런 사람을 곁에 두는 것이

가장 중요한 것입니다.

너와 살고 싶은 계절

너와는 영원한 여름에 살고 싶어.
차갑지 않은 햇볕이 내리쬐고,
퍽 싱그러운 바람이 불어오는 여름. 식고 싶지 않다는 말이야.
이왕이면 철이 들지 않는 것도 좋겠다.
우리는 계속 뜨거울 수 있어.
응, 차가운 표정은 우리에게 어울리지 않으니까.
밥알을 씹는 네 입에 키스를 하는 장난도 영원할 것만 같은걸.

그러니까 우리 오랫동안 함께하자.

언제까지나 아침에 눈을 뜨면
제일 먼저 보이는 게 서로일 수 있도록 하자.
어쩌다 가끔 식어버려도 괜찮을 것 같기도 하다.

아니, 그게 아니라,

가끔은 봄이나 가을도 괜찮은 거잖아.
언제까지 뜨겁기만 한 것도 문제가 될 수 있는 거니까.

괜찮아, 아무것도 안 변해.
내가 너를, 그런 네가 나를
사랑하는 거.

영원한 여름 속에서는 우리,
아마, 죽어도 사랑할 거야.
좋아해.

여행 가고 싶다

요즘 들어서 친구와의 대화에서
"진짜 여행 가고 싶다."
라는 말이 빠지지 않는다.

그만큼 살아가는 것에 있어서
답답함이 커진 요즘이라는 말이겠지.

그 꽉 막힌 마음을
어디론가 떠나고 싶다는 말로 표현하는 것뿐이고.

그 무엇도 마음대로 되지 않는 순간이라면

하고자 하는 일은 이상하다 싶을 만큼 꼬여버리고, 굳게 믿었던 사람들의 계속되는 배신에 걷잡을 수 없는 혼란에 빠지기도 한다. 혼자서 참고 참다가 주변 사람들에게 고민을 털어놓아도, 돌아오는 말이라고는 고작 "사람 사는 게 뭐 다 그렇지, 그냥 그러려니 하고 넘겨버려."라는, 무미건조한 대답과 반응들뿐이다.

이 해결되지 않는 깊은 고민들은 결국, 내일도, 모래도 계속 이어져 쉴 틈 없이 나를 괴롭힐 거라는 생각에, 어떻게든 해결해보려는 의지마저 점점 사라지고, 포기하게 된다.

내가 크게 한 번 웃어본 적이 언제인지, 행복했던 적이 있기는 했었는지조차 알 수 없는, "어디든 좋으니 여행이나 가고 싶다."라는 말을 습관적으로 내뱉고 있는 나 자신을 쉽게 발견하는, 그런 요즘이다.

당신이 가는 그 길이 옳은 길이 맞습니다

요즘 참 많이 지치는 나날들이죠?
누군가가 어깨를 툭 치며
이제 그만해도 된다는 말이라도 한다면
금방이라도 다 놓아버리고 싶을 테지요.

누구나 그럴 거예요.
사랑하는 사람들에게 멋진 모습만 보여주고 싶고
나 자신에게도 뭐든 잘 이겨내는 모습을 비추고 싶고
나보다 잘 나가는 친구에게 축하를 보내면서도
왠지 모를 부러움이 질투로까지 이어지는 거.

이 모든 건 지극히도 당연한 거니까
사람이라면 누구나 다 그런 거니까
큰 걱정은 하지 않아도 괜찮아요.

내가 틀렸구나,
내가 오답이었구나, 라는 생각은
하지 않으셔도 돼요.

'힘내'라는 말이
사치처럼 느껴지고
원하는 것들이
너무 멀리 있는 것처럼 느껴져도
포기하지 마세요.

천천히 한 걸음씩 걷다 보면
그게 바로 정답이 되는 거니까요.
그게 진정으로
옳은 길이 되는 거니까요.

지금 당신이 잘못됐다고 생각하는 그 길이
당신이 오랜 시간 걸어왔던 그 길이
옳은 길이 맞습니다.
암요, 그렇고말고요.

애잔한 순간

살아가면서 애잔해지는 순간 하나 없다면
정말 쓸쓸할 것만 같다.

비가 올 때 생각나는 장면이 없다면,
눈이 올 때 생각나는 장면이 없다면,
벚꽃이 필 때, 낙엽이 질 때
생각나는 것이 아무것도 없다면 말이다.

그러는 당신에게도
아무것도 할 수 없을 만큼 몸이 저릿해지는
그런 애잔한 순간이 있는가?

나 이외에
가장 소중한 사람

복잡하고 혼란스러운 삶 속에서,
자신의 일을 풀어가는 도중에

불현듯
"지금 뭐 하고 있을까?"라고 생각하며
나 이외에 가장 우선적으로
누군가를 떠올리는 것.

그것만으로도 충분한 사랑이 될 수 있다.

이제는
잠깐 지나가는 설렘보다는
익숙함이 더 소중해

이제는 설렘보다 익숙함이 더 소중하다.

보고 싶은 영화가 생기면 당연하다는 듯 함께 보러 갈 수 있는 것. 먹고 싶은 음식이 생기면 당연히 함께 마주 보며 먹을 수 있는 것. 좋은 노래를 찾게 되면 제일 먼저 알려주고 싶은 것. 별다를 것 없는 하루와 일상을 나누더라도, 전혀 지루하지 않고 매일이 즐거울 수 있는 그런 소중한 익숙함 말이다. 예전의 나는 항상 새로운 설렘을 찾기 위해서 노력했지만, 이제는 이 복잡한 세상에서 휴식처가 될 수 있는 편안한 익숙함이 더 소중하다.

그러는 나는, 이미 나에게 충분한 안락함을 주고 있는 너를 소중히 여기고, 앞으로도 이 익숙함 속에서 너를 변함없이 사랑하고 싶다.

우리는 잠깐 지나가는 설렘이 아니라,
영원히 기억되는 견고한 사랑이니까.

온갖 초록을 품은 건 너뿐이다

모든 지워지는 것들에게서 너를 구출해.

자욱한 안개 속에서 째깍대는 초침 소리, 일렁이는 강물 소리, 모두 쓸어 담아 너에게 선물하고 싶어. 세상의 모든 것에 초록을 칠해놓고 너를 닮았다 생각하며 잠에 들고 싶어. 그리고 그것들에게서 느껴지는 모든 싱그러움을 입에 잔뜩 물고 눈을 깜빡이는 너를 사랑하고 싶어.

나를 만질 수 있는 건 오롯이 너라는 존재여야만 해. 내가 아는 사랑이란 너와 내가 서로의 눈을 마주하는 것뿐이야.

상처

자신의 힘든 상황을 핑계 삼아

곁에서 힘이 되어주는 사람에게
씻지 못할 상처를 주어서는 안 된다.

이해해주고 참아주는 것도 모두

'내 사람'일 때만 가능한 일이니까.

이상형

자존감이 낮은 성격 탓에
자연스럽게 나의 이상형은
내 자존감을 높여주는 사람이 됐다.

내가 하는 일이 어떠한 것이든
모두 잘할 수 있을 거라 말해주고,

언제나 나의 외모를
어여쁜 말로 칭찬해주는,
그런 사람.

이런 사람 만나

말을 예쁘게 해주는
사람을 만나세요.

상처 주는 말을
습관적으로 내뱉는 사람 말고,

뭐든지
내가 좋아 죽겠다는 표정으로
말하는 사람.

걱정을
내려놓는 게

걱정은 내려놓아야 하는 거라지만,
걱정을 내려놓는 게
비 오는 날, 우산을 내려놓는 것보다
어렵다는 걸 누구보다 잘 알기에.

강요하지 않을게.
걱정을 내려놓기를.

다만 너무 아파하지만 마.

봄이 꼭
따뜻해야만 하는 건
아니야

봄이 꼭

설레야만 하고, 따뜻해야만 하고,

무언가 싹 틔워야만 하는 계절이야?

아니,

나에게 있어서 봄이라는 계절은

쓸쓸함부터 떠올려지는

상처 많은 계절일 뿐이야.

내 곁에서 무언가

필히 떠나야만 끝이 나는 계절.

대부분의 사람들이
행복하게 봄의 시간을 살아갈 때,
나는 가을도 겨울도 아닌 것이
무척이나 수척해진 얼굴을 하고
순간순간을 견뎌.

있잖아,
나는 누군가가
이별과 가장 어울리는 계절이 무엇이냐 묻는다면
단번에 봄이라 대답할 것만 같아.

그래서 나는 이제부터 봄을 반으로 나눠 살아갈 거야.
먼저 나눈 반을 겨울에 내주고,
뒤에 나눈 반을 여름에 건넬 거야.

여름과 가을과 겨울만 있는 세상에서
이제는 그 누구도 잃어버리지 않을 거야.

선부른 기대

그 어떤 일이라도

섣부른 기대는 독이 된다.

특히

사람과 사랑에 관한 일이라면

더더욱.

여름의 끝,
그 아침에

이제는 날씨가 제법 가을을 풍긴다.
쌀쌀해진 아침 바람이 기분 좋게 얼굴을 스치고,

색이 예쁜 높은 하늘은
꼭 사랑하는 사람을 보고 싶게 만든다.

간질거리는 계절과 계절 사이,
사랑하는 사람이
더욱
사랑스러워지는 시간.

영원함을 닮은 너

영원함을 닮은 네가 더욱이 좋아지는 매일이야. 요즘 들어서 내게 작은 소망 같은 게 하나 생겼어. 그러니까, 나에게는 영원한 향기가 머물렀으면 하는 거. 그렇게 너에게도 내게 머무는 그 무한함을 오래도록 선물할 수 있도록 말이야.
이제 바깥 날씨가 제법 가을 느낌을 풍기는 것 같아. 우리가 하루 종일 붙어 있어도 괜찮을 것만 같은 날씨가 되어가고 있다는 얘기지.

이제는 이른 아침
창틈으로 수줍게 숨어드는 햇살에
네가 묻어 있고,
방문 밖으로 들리는
부엌의 달그락거리는 소리에도
이상하게 네가 스며 있어.

그리고 어제는 있잖아, 네가 정말이지 무척이나 보고 싶었어. 여럿 줄지어 횡단보도를 건너는 어린아이들의 웃음소리에서, 우리 둘의 행복한 미래를 엿보았을 정도니까 말이야.

너는 내게 있어서
정말 큰 행복이자,
작은 세상이야.

구름 한 점 없는 텅 빈 하늘에서 가을 햇볕이 기타 선율처럼 부드럽게 흐르는데, 마음 같아서는 그 모든 것들을 한곳에 담아서 네게 건네고 싶었어. 할 수만 있다면 내가 그 음악을 연주해서 네게 들려주고 싶더라고.

아무튼, 나를 아무런 조건 없이 품어주는 네게 감사한 오늘이야. 너와 함께 그저 평범한 잔디밭을 거닐고 싶은 밤이자, 그 앙증맞은 손을 잡고 기약 없는 여행을 떠나고 싶은, 그런 밤.
언젠가 내가, 코를 찡긋거리는 네 표정이 예쁘다고 말했는데, 그런 내게 하루 종일 그 표정이 담긴 사진을 보내줬던 네가 너무 좋다.

지금의 이 삶이 너무 사랑스러워. 꼭 일곱 살 무렵, 엄마 앞에서 응석을 부렸던 나로 돌아간 기분인 것 같아.
네가 내 곁에 있어만 준다면, 왠지 모를 편안함에 지금의 이 힘듦 모두 놓아두고 아이처럼 방방 뛰어놀아도 좋을 것 같은 그런 느낌말이야.

고마워, 나에게 누군가를 이토록 깊게 사랑할 수 있는 기회를 줘서. 또, 다른 사람인 척 거짓말처럼 살아왔던 나를, 계절이 바뀌는 걸 기다릴 줄 아는 사람으로 만들어줘서.

그런 네가 고맙고,
그런 너를 이 계절만큼 사랑해.
아니, 어쩌면 그보다 훨씬 더.

이제 곧 완연한 가을이 될 텐데, 그때는 또 얼마나 예쁜 너를 만나게 될지 내일 아침부터 새로이 기대해봐야겠다.

아직은 여름이 투정 부리는 가을의 초입에서.

지금, 내 곁에 머무는 사람들이 과연 언제까지나 내 편이 되어줄지가 궁금해

나는 아직도 인간관계가 무척이나 어렵다.
요즘은 온통 그런 생각에 사로잡혀 있다.

그러니까, 지금 내 곁에 머무는 사람들이 과연 언제까지나 내 편으로서 함께 해줄 수 있을까, 라는 조금은 어리석은 생각.

내가 지금 몸을 담고 있는 일들이 너무도 바쁜 탓에, 자주 만나던 친구를 잘 만나지 못하게 되었다. 이렇게 내가 모르는 사이에 차츰 그 친구들끼리 나름의 추억이 쌓이게 되면 머지않아 내가 잊혀버리는 게 아닐까, 하는 불안감도 든다.

이러한 고민으로 매일을 지새우는 요즘.

먼 미래를 위해서
이 모든 것들을 감수하고
지금처럼 지내야 하는 건지,
아니면 모든 걸 내려놓고
내 마음이 이끄는 대로
행동하고 살아야 하는 건지.

도무지 해결될 기미조차 보이지 않는 혼란들로 너무도 힘든 요즘이다. 괜히 별 할 말도 없지만, 보고 싶은 친구에게 갑작스럽게 카톡 한번 보내보고 싶고, 괜히 요즘 걔네들은 뭘 하고 사냐는 물음으로 말 한번 건네보고 싶고, 친구들이 SNS에 올린 내가 없는 여행 사진을 보며 괜히 심술 한번 부려보고 싶은 마음. 그런 마음으로 예전에는 느끼지 못했던 인간관계에 대한 소중함을 뼈저리게 느끼고는 한다.

"너는 바쁘니까 당연히 내가 이해해야지." 사소한 친구의 말이 너무도 고맙게 느껴지고, "지금 충분히 잘하고 있으니까, 아무것도 신경 쓰지 말고 네 할 일에 충실해." 애인의 말이 너무도 사랑스럽게 느껴진다.

이 힘듦 속에서도 바라는 게 하나 있다면,

지금 내게 위로의 말을 건네주는
몇 안 되는 사람들의 마음이
변치 않았으면 좋겠다는 것.

그냥, 조금만 기다려줬으면 좋겠다.

내가 어느 정도 자리를 잡을 때까지만.
그 고마운 사람들에게 충분히 보답할 수 있는 능력이 생길 때까지만. 정말 그때까지만 기다려준다면, 내가 받은 모든 위로와 격려를 몇 배로 되갚아줄 수 있을 것만 같다.

사계절을 모두
한 사람과
살아가고 싶다

사계절을 모두 한 사람과 살아가고 싶다.

계절의 사이사이마다
바뀌는 온도에도
변치 않는 마음을 가진 사람과
사랑하고 싶다.

벚꽃이 예쁜 계절에는 그곳을 함께 거닐 수 있고,
너무 더운 계절에는 에어컨 냉기 가득한 방에서
함께 영화 한 편 편하게 볼 수 있는,
선선해지는 계절에는 서로가 외로워지지 않도록
각자의 품을 내어줄 수 있고,

입김 나올 만큼 추운 계절에는
코트 한쪽 주머니에 맞잡은 두 손 함께 넣고
길거리에서 뜨거운 붕어빵 사다가 나눠 먹을 수 있는 사람.

그런 사람과의 특별한 연애를 하고 싶다.
남들의 눈에는 그저 별다를 것 없는 연인일지라도,

서로에게는
세상 그 무엇보다 특별한,
어쩌면 서로가 서로의
작은 세상이 되어줄 수 있는,
참 멋진 연애.

따스한 위로가 필요한 너에게

PART 3

지친
하루의
끝에서

충분히 잘했다.

네가 이제껏 맺고 끊었던
모든 인간관계들도

아침 일찍 일어나 무거운 몸 이끌고
가끔은 밥까지 걸러가며 했던 일들도

행여나 남들에게 뒤처질까
노심초사하며 보냈던 그 시간들마저도

충분히 잘했다,
너는.

모든 순간이 너였다

나의 모든 순간은 너였어.

사랑했던 때도,
아파했던 때도,
이별했던 그 순간까지도

너는 나의 세상이자
모든 순간이었어.

나는 이제 네가 없으면
내 지금까지의 삶을
설명할 수 없을지도 모르겠다.

최선을 다하는 시간

참 많은 게 바뀌어버린 지금의 나날들이다.

내 주위에 머무는 사람들이 많이 바뀌었고,
내가 걷고자 하는 방향이 정반대가 되기도 했으며,
나를 찾는 예전 친구들의 연락도 이제는 불편해졌다.
내가 얼굴을 보이지 않은 시간 동안 나름대로 쌓였을 벽들이
이제는 보이기 시작했기 때문.

철없던 시절, 안중에도 없었던 가족들의 관심은
이제 나의 유일한 안식처가 되었고,
먼 곳을 내다보며 나 자신에게
귀찮은 질문을 던지는 순간들이 잦아졌다.

지금의 삶이 마음에 들지 않는다는 말은 아니다.
이전에 부족했던 것들을 충분히 채우기도 하고,
간절히 원했던 것들을 이뤄내기도, 깔끔히 포기하기도 하며
나름대로의 무언가를 높은 곳들에 가깝게 올려두었으니,
괜찮다고 말할 수 있을 법한 시간 속에 발을 내디디고 있다.

그러나 혼자 있는 시간이 많아진 요즘,
수많은 과거가 그리워진다는 것이
가장 큰 문제이다.

거친 말들도 서슴없이 섞어가며
친구들과 나눴던 철없는 대화들도,
어리다는 핑계로 틈만 나면 칭얼거렸던 가족들과의 시간도,
돈보다는 친구들과 차가운 계곡물에 발을 담그며
환호하는 게 더 좋았던,
그 모든 과거가 사무치게 그립다는 게
내 요즘의 가장 큰 아픔이다.

지금, 많은 것들의 곁핍이 온몸에 묻어나는 이 시간도
언젠가는 그리운 과거가 되리라는 것을 잘 안다.

그래서 나는 다짐하고 또 다짐했다.

언젠가는 그리운 과거로 탈바꿈해서
나를 괴롭힐 게 뻔한 이 현재를,
이 공허한 현재를 한번 가득 채워보겠다고.

어차피 그리워해야 하는 시간이라면,
미련으로 가득하기보다는,
아름다움이 묻어나는
그리움으로 지나 보내리라고.

지금 현재에 언제나
모든 최선을 담아내리라고 말이다.

행복해,
여전한 내 세상

시간이 '꽤'라는 말을 붙이기에 어색함이 없을 만큼이나 많이 흐르긴 흘렀나 봐. 내가 모두 삼켜낸 줄만 알았던 너의 흔적을 발견하고서 흠칫 놀라기까지 했으니까 말이야.

나는 사실, 너를 보낸 이후로 쭉 달콤한 사랑 노래를 들으면서도 슬퍼할 수밖에 없는 사람으로 살아가고 있어. 네가 취기를 빌려 내 머리를 다정하게 쓰다듬었던 때를. 네가 나에게 "나, 누군가를 이렇게나 좋아해 본 적은 처음이니 절대로 나를 울리지는 말아야 해."라며 귀여운 엄포를 놓던 때를.
네가 그토록 좋아하던 바다를 향하는 버스에서 나와 똑같은 옷을 입고, 내 어깨에 네 시간을 맡긴 채 새근대며 곤히 잠들었을 때를. 하루도 빠짐없이 나누는 전화 속의 일상인데도, 매번 서로 하고 싶은 이야기가 어찌 그리도 많았는지, 몇 시간이 흐르는지 조금의 눈치도 채지 못했던 그때를.

그러니까 그토록 어여뻤던 때를 회상하게 만드는 아름다운 가사들로 가득한 그 사랑 노래들이 내게는 있지, 참 슬프게만 들리는 거야. 괜스레 시간이 원망스러워지는 오늘이네. 흐르기는 참 잘도 흘러가면서 왜 내 눈동자에 비쳤던 너의 미소와, 내 온 세상에 담겨 있는 네 향기는 씻어가지 않는 건지 몰라.

네가 더 이상 불행하지 않았으면 하는 마음으로 네 손을 놓았던 나지만, 그 대가로 내가 참 오래도 슬프다. 잔인해. 서로가 서로의 시간을 모두 바쳐가며 사랑했던 사이에서, 한 사람이 행복하기 위해선 한 사람이 필히 아파야만 하는 사이가 되어버린 게 말이야. 아무쪼록 잘 지내. 여전히 예쁘더라, 조금은 원망스럽지만 내 곁에서 아이 같은 얼굴로 내게 사랑한다고 말할 때보다 훨씬 더 좋아 보여. 꼭 분홍색 파스텔을 칠해놓은 것만 같던 네 눈매가 이제는 제법 봄을 풍기더라.

그래, 이제 사랑은 아니니
너는 새로운 세상에서 예쁘게 호흡해.
나는 여전한 세상에서
가쁜 숨으로 그 누구도 몰래
너를 그릴 테니.

네가 웃으면
나도 좋아

나는 있잖아,
네가 웃는 게 좋아.

네가 웃는 걸 보는 건 언제나 새롭고
또, 그때의 계절과 상관없이

그 순간을
누군가를 사랑하기에
가장 좋은 온도로 바꿔주거든.

사랑을 하려거든

사랑을 한다는 것은
누군가의 마음에 내 삶을 새기는 일이다.
그렇게 새겨진 내 삶은 곧 그 사람의 삶이 되고
머지않아 서로가 서로에게 꼭 필요한 세상이 된다.
이렇듯 사랑은 가장 위험한 시도이면서
동시에 무엇과도 바꿀 수 없는 행복이기도 한 것.

그러니 사랑을 하려거든
될 수 있는 한 최선의 진심으로 다가가기를.
어중간한 마음으로 행복을 찾으려 한다면
후에 따르는 폭풍에 온 마음이 휩쓸려 부서져 버릴 테니.

쉽게 바스러지는 낙엽을 줍듯이 조심스럽게
때로는 정답을 확신한 문제를 푸는 듯이 자신 있게

그리고 가끔은 이 사람과 나의 만남이
미리 점쳐져 있던 운명일지도 모른다는 생각을 해가며
소중하게 사랑을 이어가기를.

누군가를 사랑하고
또 누군가의 사랑이 되는 것만큼
황홀하고 기적에 가까이 닿아 있는 일은 없으니,
부디, 그 마음 그대로 간직하며
계속해서 서로의 세상이 되어주기를.

이 모든 것들을 다 감당할 수 있는 단단한 마음과
이 모든 것들을 다 감당해가면서까지
사랑하고 싶은 사람을 마주하게 되었다면,
그때는 기꺼이 마주한 바다에 온몸을 던져도 좋다.
그게 작게는 행복해지는 일이자,
크게는 이제껏 살아온 삶과 현재의 삶
그리고 앞으로의 삶에 모든 이유가 될 테니까.

누군가를 깊게 사랑한다는 것이.
누군가의 깊은 사랑이 되었다는 것이.

너에게 감사해

계단이 물 흐르는 듯이 흐르는 느낌이야.
아니, 착각 같은 건 아니고 그냥 그런 느낌이라는 거지.
발을 올려놓기만 했는데 무언가를 탄 것처럼
눈 깜짝할 새에 다음 층에 와 있는 거야.

아무래도 누군가의 덕분인 것만 같은데,
그 '누군가'라는 대상이 명확하다는 것에
조금 더 설렐 수 있는 것 같아.

잔뜩 말라 있던 손바닥은
막 삶아낸 것처럼 포근해져 있고,
내가 몸을 담은 이곳은 다른 차원이야.

나의 요즘,

나의 계절,

나의 전부가 될 것만 같은

너에게 감사해.

내 이제껏 겪어왔던 죽음과 비슷한 아픔들은,
모두 너를 품기 위함이었음을 깨닫게 해준
너에게 진심으로 감사해.

그러니까 벌써부터 온몸이 배배 꼬인다.
너와 내가 함께 녹아버릴
먼 훗날의 미래가 기다려지는 탓에.

사람을 대하다 보면

사람을 대하다 보면
하고픈 말을
속으로만 삼켜야 할 때가 있다.

그게 그 상황에서의
최선이라서가 아니라,

단지 그 사람이
나를 싫어하게 될까 봐
두렵기 때문에.

상처를 주고받지 않기 위해서는

사람과 사람의 관계에 있어서, 일방적인 간절함과 애정 공세는 언제나 한쪽에게 큰 상처를 안겨준다. 인연이라는 것은 혼자 노력해서 이어지는 것이 아닌데도 불구하고, 많은 사람이 "쟤가 계속 나를 좋아해주니까 나는 굳이 간절할 필요는 없을 것 같아."라는, 안일한 생각을 하며 받는 것에만 익숙해져 있다. 하지만 이것 하나만큼은 꼭 명심해 두어야 한다.

나에게 무한한 애정을 주던 사람도
언젠가는 지쳐버리는 수가 있다는 것을.
나에게 등을 돌릴 만큼이나.

나 사용법

나는 질투심이 꽤 많은 편이야.

게다가 자존감까지 바닥을 기다시피 하는 터라, 누군가와 연애를 하게 된다면 집착 아닌 집착을 하게 돼. 나와 만나는 사람이 그 누구도 아닌 나만 봐줬으면 좋겠다는 마음과, 나 이외의 그 어떤 사람에게도 친절하게 대하지 않았으면 하는 욕심으로 온 마음이 가득 차 있다는 말이지.

이 모든 바람들이 어찌 보면 이기심으로 비추어지기 십상이라는 걸 너무도 잘 알고 있으면서도, 어쩔 수 없는 나의 결핍들을 상대방이 넘치는 애정으로 가득히 채워줬으면 하는 소망은 앞으로도 계속 없어지지 않을 것 같아.

그러니까
네가 나에게 있어서 정말 진심이라면,
적어도 내게 진심으로 다가온 거라면
부디 나를 참 많이 아껴줬으면 좋겠어.

내가 다시는 모진 사랑 때문에
상처받아 슬피 울게 되는 일이 없도록 말이야. 부탁할게.

시간이 남겨놓고 떠나는 것

'그래도 그 사람 지금 생각해보면
그렇게 나쁜 사람은 아녔어.'

이별을 했더라도,
이제는 남이 됐더라도

시간은 언제나
상대방의 좋은 모습만 남겨놓는다.

예쁜 연애라는 것은

예쁜 연애라는 것이 사실은 그렇게 특별한 게 아니에요.

그냥, 서로가 좋아하는 음식이 무엇인지 알고, 서로가 어떤 장르의 영화를 가장 선호하는지 알고 있는 것. 카톡 속의 말투만 봐도 지금 기분이 어떤지 알고, 전화할 때 목소리만 들어도 지금 무엇을 하고 있는지 아는 것. 애인이 다른 이성과 말을 섞거나 SNS에서 댓글을 주고받을 때, 애정 어린 마음에서 나오는 귀여운 질투를 하는 것.

이렇게 서로가
서로의 일상 속에 스며들어
지극히도 사소한 것들까지 함께하는 것이 바로,
'예쁜 연애'라는 것입니다.

올려다본 하늘과 저녁

동이 텄다고 해서 모두 이른 아침은 아닐 거라 우겨댔던
네가 지는 저녁.
그런 너의 낯익은 모습조차도 낯설게 느껴지는,
이 모든 것들을 어찌 다 지워야 하냐며 슬프게도 울먹이는
내가 선명한 저녁.

이토록 세차게 울어대는 매미들도 궁금해하는 우리들의 이야기.
우울한 해 질 녘 더위에도 빠르게 도망가지 못하는
뭉게구름들의 조용한 발걸음.
가끔 퍼붓는 비에 몰래 씻어 보내고 싶은,
비늘처럼 딱딱해진 추억과 미련들.
이런 나의 모습들이 마치,
가을이 오는 소리에 지레 겁부터 먹고 흔들리는
나뭇잎 같아 나뭇잎.

너는
네 앞만 바라보며 살아

현재, 네 곁에 머무르는 사람에게
진심으로 고마워해야 해.

자주 보지 못하더라도
언제나 네 편에 서서 소리 낼 줄 아는 사람.

너를 미워하는 사람이나 네가 미워하는 사람에게
아까운 감정 낭비할 생각하지 말고,

너는 너를 믿어주는 사람에게 보답한다는 생각으로
네 인생만을 바라보며 열심히 살면 되는 거야.

대단한 사람

오늘 힘들었던 일이
내일이라고 해서 다 괜찮아지지는 않는다.

세상에는 우리가 가지고 있는 상식으로는
설명이 불가능한 일들이 많기 때문이다.

그래도 이렇게 뒤죽박죽 제멋대로인 세상을
자주 슬프고,
가끔 웃으며
버텨내고 있는 당신은
어쩌면 정말 대단한 사람일지도 모르겠다.

당신,
정말 예쁘고
멋진 사람입니다

당신, 정말 예쁘고 멋진 사람입니다.

나쁜 사랑에 아파하기엔 너무 아까울 만큼,
못된 사람에 지쳐 하기엔
너무 아까울 만큼 말이에요.

우리는 모두 나름대로
자신만의 매력을 갖고 있어요.

그 매력을 때와 장소에 맞게
잘 표현할 수 있나 없나에 따라,
남들이 보는 시선이 달라질 뿐이에요.

그러니까 당신은,
분명 엄청 커다란 매력을 지니고 있는 사람인데,
그것을 보여주는 방법을
잘 알지 못하고 있다는 거예요.
분명히 그 누구보다
예쁘고 멋진 사람이 확실한데 말이죠.

그러니까, 이제는
자신감을 좀 가져도 돼요.
조금 더 당당해져도 된다는 말이에요.
자기 자신을 일부러 낮추지 말아요.

누군가는 분명 당신의 아픔에 슬퍼하고 있을 테고,
또 다른 누군가는 분명 당신의 매력을 알아보고
이미 좋아하고 있을지도 모르는 일이니까요.

자신이 못났다며 자책하기보단
자기 자신을 진심으로 칭찬해줄 수 있는,
그런 사람이 되기를 진심으로 바랍니다.

너무
사랑해보려고

너무 어여뻐서 마음에 들었고,

너무 마음에 들다 보니 좋아하게 됐고,

너무 좋아하다 보니 사랑하게 되더라.

그래서 이제부터는 너무 사랑해보려고,

내가, 너를.

어쩌면,
마법

내가 진심 어린 마음으로
사랑을 건네고 있는 사람에게서는
이유 모를 좋은 향이 풍겨져 나온다.

그게 원래 그 사람의 향이 좋은 건지
내가 그 사람의 모든 것이 좋은 건지는
잘 모르겠지만

한 가지 확실한 건
사랑이라는 감정에 진심이 섞이면
말로는 설명이 어려운 마법 같은 일들이
너무도 당연하게 일어난다는 것이다.

봄이야,
너를 닮은

봄이다,

사랑하는 사람이

더욱

사랑스러워지는

계절.

내가 너를 사랑하는 법

사랑하는 사람이
보고 싶다고 투정하면,

이유를 막론하고
한걸음에 달려가는 게 맞아.

그게, 내가 너를 사랑하는 방법이고.

운명을 만나게 되는 확률

인생에는 많은 기회가
소리 없이 찾아왔다가
조용히 사라진다.

그중에 운명적인 사랑을
할 수 있는 기회는
극히 드물게 찾아오곤 하는데

그 희박함을 알아차리고
너라는 운명을 잡은 나는
어쩌면 세상 가장 행복한 사람이 아닐까.

내가 할 수 있는 최선의 보답

너는 내가 세상에 짓눌려
그 흔한 기지개 한 번 못 펴고 있을 때,
내 뒤에서 나를 포근히 안아준 사람이야.

그럼에도 불구하고 상황 탓을 하며 너를 밀어냈던 나를
몇 번이고 다시 찾아와 품어줬던 사람이고.
다시는 이길 수 없을 것만 같았던 세상에
당당히 서 있을 수 있게 만들어주고,
빛 하나 없이 어둡기만 했던 내 새벽을
한낮처럼 따듯하게 만들어준 사람.

나에게는 그런 너와의 지금이 아직도 꿈인 것만 같아.

사랑이라는 게 원래,
그 온도가 얼마나 오래 유지되는지는 아무도 알지 못하고
짐작조차 할 수 없는 거라지만,

너와 나, 우리의 사랑은 아마
영원함보다 더 넓은 의미를 가진 단어만이 형용할 수 있는 듯해.

그러므로 나는 하루빨리 이 꿈 같은 장면들이
모두 현실임을 직시하고,
너에게 내 전부를 건네주어야 할 것 같아.
그게 너를 사랑하는 나와, 나를 사랑하는 네가

평생을 사랑할 수 있는 최선의 방법임을
너무나도 잘 알고 있으니까.

지금의 이 행복을 잊지 않고
나는 나의 최선으로 너를 사랑할게.
약속해.

내 옆에 있는 사람은 언제나 너였으면

내 옆에 있는 사람은 언제나 너였으면 좋겠다.

보고 싶은 영화를 함께 볼 수 있는 사람이,
SNS에 올라오는 맛집을 함께 가볼 수 있는 사람이,
이유 없이 우울해진 밤을 함께 나눌 수 있는 사람이,

앞으로도 쭉 너였으면 좋겠다.

서운한 것들이 쌓이고 쌓여 다투게 되더라도
네가 아닌 다른 사람과 다투기는 싫고,
서로 다른 부분들을 노력해서 맞춰가는 것도
네가 아닌 다른 사람이길 원치 않는다.
내가 머릿속에 그려놓은 미래들에
네가 아닌 다른 사람이 들어오는 게 싫고,
내가 하고자 하는 일에 있어서
믿어주고 응원해주는 사람은 꼭 너여야만 한다.

지금껏 정말 잘해온 것처럼
서로에게 충분히 쌓아놓은 믿음과 신뢰를 지켜주면서
그렇게 앞으로도 오랫동안 서로의 곁에서 행복하고 싶다.

한번은 너와 헤어진다는 것을 상상해본 적이 있었는데,
그런 일은 상상을 하는 것만으로도 큰 상실감을 안겨줬었다.
그래서 나는 그 이후로 우리 관계에
더더욱 노력을 쏟아야겠다고 생각했다.

너도 꼭 나와 같은 생각을 하고 있기를 바라고,
너도 꼭 이 관계에 진심을 담고 있기를 바란다.

그러니까, 나는
이 모든 바람들과 고민들의 대상이,
내가 온밤을 새워서라도
애정을 주고 싶은 대상이,

너라면 좋겠다.

조심성 없는 사랑

우리의 어색함을 아름답다 착각하자.
착각이더라도 분명하다 확신하자.

그렇게 자기 자신을 속이다, 결국에는 그 거짓이 진실이 되게 만들자. 우리는 그렇게 사랑하자. 철이 없어도 좋아. 사랑은 절대 계산적인 감정이 아니야.
우리는 평범함을 벗어나자. 아니, 최대한 평범함과 가깝게 특별하자. 그렇게 무작정이었다가, 멈추기도 했다가, 등을 돌려보기도 하자. 만약, 이 관계의 끝이 보이는 것 같다면 눈을 질끈 감아버리자.

그래, 그렇게 우리는 세상에서
가장 조심성 없는 사랑을 나누자.

우리는 싸우더라도
서로 등 돌리지는 말자

우리는 싸우더라도 서로 등 돌리지는 말자.

우리 혹시 싸우게 되고 서로를 미워하게 되더라도,
잠시만 미워하고 금세 언제 그랬냐는 듯
다시 사랑하도록 하자.

잠시 미워했던 것으로 오랫동안 담아두지는 말자.
그냥 잠시 스치듯 지나간 차가운 바람이라 생각하고

우리 처음 약속했던 것처럼 영원히 함께하기로 하자.

인생의 결정권

왜, 네 인생의 결정권을

네가 아닌, 타인의 손에 쥐여주는 거야.

네 인생은 네가 결정해.

무엇이든 네 마음이 이끄는 대로 해야

후회를 하더라도 뿌듯함이 함께할 테니까.

누구나
다 그래

웃는 날이 있으면 우는 날이 있고,
가슴 벅찬 날이 있으면
마음이 차갑게 식어버리는 날이 있어.

이 사실에서만큼은 그 어떤 누구도
예외가 될 수 없는 거야.

잠시뿐이야

잠시뿐이야.

잠깐 비가 내려서 슬펐던 것뿐이고,
잠깐 눈이 내려서 시렸던 것뿐이고,
잠깐 밤이 와서 캄캄해진 것뿐이야.

머지않아 비가 그쳐 하늘이 맑게 개고,
머지않아 눈이 그쳐 온기를 되찾을 것이고,
이제 곧 또 다른 멋진 아침이 밝아올 거야.

아무 일도 아니야.
그냥 정말 잠시일 뿐일 거야.

세상 모든 아름다움을 너에게

괜스레 눈에 보이는 것들 모두가 소중해지는 것.
맑은 하늘이, 그 하늘의 뭉게구름이,
그 구름 사이의 햇빛까지 전부 아름다워지는 것.

그게 사랑이라서.

우리 요즘
너무 자주 싸우는 것 같아

우리도 연애 초반에는 여느 커플들과 다름없이, 서로 사랑한다는 말만 하기에 바빴잖아. 서로 잘못을 하더라도, 괜찮다고, 이제는 안 그러면 되는 거라며 조금의 다툼을 만들지도 않았고.

그런데 있잖아, 요즘은 우리가 조금 이상해진 것 같아. 한 번 크게 다투고 난 이후로는, 정말 사소한 일로도 얼굴을 붉히기 십상이고, 큰소리로 소리를 지르며 싸우는 일도 너무 잦아졌어.

분명 나는 아직도 너를 많이 좋아하고 있고,
너도 분명히 나를 좋아하고 있을 텐데 말이야.

남녀가 오래 만나다 보면, 설렘보다 익숙함이 커져서 서로에게 무뎌지는 일이 생긴다더라. 나는 우리가 지금 서로에게 너무 익숙해져서, 너무 서로를 편하게 생각해서 서로에 대한 배려심이 많이 사라진 탓이겠거니, 하고 생각을 해. 그래도 다행인 건, 우리는 한 번 싸운 것으로 오랜 시간 등 돌려버리지는 않는다는 거야. 금방 화해를 하고는 언제 그랬냐는 듯, 다시 웃고 떠들며 행복해하고는 하니까.

그러니까, 우리 약속 하나만 하자. 아무리 잦은 다툼으로 지쳐 간다고 해도, 그 누구도 헤어지자는 말은 꺼내지 말기로 해.

지금의 이 '익숙함'을
이제는 사랑이 아니구나, 라고
착각하지 않기로 해.

우리가 아무리 서로에게 익숙해졌다고 해봤자, 오랜 시간 다르게 살아왔던 사람인데, 어떻게 모두 잘 맞을 수가 있겠어. 싸우더라도, 싸움으로만 끝내지 말고, 서로에 대해서 하나씩 더 알아가는 과정이라고 생각하자. 나는 네가 정말 좋아. 너도 나를 많이 좋아하고 있다면, 나와 같은 생각을 하고 있기를 바랄게.

우리는 고작 조금 다퉜다는 이유로 헤어지는 바보 같은 사람은 되지 않도록 하자.

‘말투’
변하지 마세요

‘말투’ 변하지 마세요.

당신이 무심결에 딱딱하게 내뱉은 그 차가운 말투의 말들이,

상대방에게는 생각보다 큰 상처로 다가올 수도 있으니까요.

실제로 말투가 변했다는 것은,

그만큼 애정의 정도가

식었다는 말이 되는 거예요.

그러니까, 시간이 지나도 기본적인 말투는 변하면 안 돼요.

변한 건 당신의 말투 하나겠지만,

상대방이 받는 아픔과 드는 생각은 결코 가볍지 않을 테니까요.

헛된 기대로 가득 찬 밤

"내일은 행복하겠지."
라는 말이 무색할 만큼
내일도 별다를 것 없는 하루일 걸 알지만,
그래도 행복했으면 좋겠다는 기대감을 갖고
잠자리에 드는 오늘 밤이다.

걱정이 너무도 많은,
요즘의 밤.

나는 고작
미움받기 싫다는 이유로,
화를 내는 방법을
일부러 잊어버린 것 같아

나는 화를 내는 방법을 까먹어 버렸다.

어느 순간부터, 누군가에게 화가 나는 일이 생겼을 때, 시원하게 화를 내지 못하고 있는 내 모습을 자주 보게 됐다. 어린 시절에는 화가 나면 화를 내고, 울고 싶으면 무작정 울어버렸던 것 같은데, 어느 정도 나이를 먹고 난 후에는 이런 감정을 쉽게 표현하지 못하게 됐다.

왜 이렇게 변해버린 걸까,
하고 골똘히 생각을 해보니,
결국엔 '누군가에게 미움받기 싫어서.'
라는 이유가 제일 큰 것 같다.

내가 크게 화를 내면, 그 상대방은 나를 미워하게 될 것이 뻔하고, 그렇게 받게 될 미움이 너무나도 싫었기 때문에. 나는 미움을 받으면서 내 할 일을 잘할 수 있을 만큼 강한 사람이 아니라는 것을 너무도 잘 알기 때문에.

그래서 화를 내지 않는 것에 익숙해지다 보니,
결국엔 화를 내는 방법을 까먹어 버린 것이다.
나도 모르는 사이에 조금씩….

우리네 삶

우리네 삶이란,
자신의 마음 내키는 대로 살아가는 것이
가장 옳은 길이 될 수도 있습니다.

그리 두둑한 주머니는 아니더라도
사고 싶은 옷을 걱정 말고 사보기도 하고,
평소에 먹고 싶었던 음식을 고민하지 말고
그때그때 먹어보기도 해야 합니다.

누군가 나를 화나게 만든다면
바보처럼 무작정 참기만 하지 말고
어떤 부분에서 기분이 나빴는지
확실하게 말을 해야 합니다.

하기 싫은 일은
억지로 하지 않아도 되고,
내 마음에 들지 않는 사람은 굳이
내 시간을 할애해가며
만날 필요 또한 없습니다.

훗날에 후회하지 않도록
사랑하는 마음은 그때그때 전하고,
그리운 사람이 있다면 그 그리움을 모두 표현해가면서
그렇게 살아가도 좋습니다.

안 그래도 한 번뿐인 인생이라
억울함과 미련만 가득한데,
이 아까운 삶을 누군가의 눈치만 보며
어렵게 어렵게 살아간다면
얼마나 외롭고 고독한 삶이 되겠어요.

그러니 어깨 펴고 당당하게 저 앞으로 나아가세요.
당신은 당신 생각보다 꽤 멋진 사람이니까요.

주인 잃은 기억

아직도 내 과거의 기억들에서
유유히 헤엄치고 있는 너 때문에,
그렇게 여전히 예쁜 모습으로
내 순간순간에 살고 있는 너 때문에,
내가 너를 못 잊어내는 거야.

혹여나
그때의 기억을 모두 지워버리면
네가 주인 잃은 과거 속에서
영영 갇혀
홀로 외로울까 걱정이라서.

네가 정말 미웠다.

운명을 만나 평온한 마음을 갖는 게
얼마나 힘든 일인지
너무도 잘 알기에.

한때는 네가 내 운명이라
확신했었기 때문에.

헤어짐의 이유

헤어짐에 있어서만큼은
그 어떠한 핑계도 용납되지 않는다.
어떠한 이유를 들먹이든,
나에게는 아무 잘못이 없다며 책임을 전가하든,
결국 서로가 서로에게
더 이상의 사랑을 건넬 필요를 상실해 버렸기 때문.

너는 계속 나에게서 멀리 도망치기만 했고,
나 또한 그런 너를 붙잡아둘 이유를 찾지 못해서
그렇게 우리는
모진 이별의 순간을 맞았다.

이별 직후에 사실을 인정하지 못하는 나와
언젠가는 이렇게 될 줄 알았다는 표정의 네가
과연 같은 시간과 공간에 있던 사람이 맞기는 했을까.

너무나도 다른 그 모든 것들을
우리는 무슨 이유로 그토록 오랫동안 놓지 못하고
서로를 다치게 했던 것일까.

우리는 빠르게 지나가는 시커먼 구름을 보며
이제 곧 비가 내릴 것을 알아차리기도 했고,
표정이 일그러진 채 터벅터벅 걸어가는 사람을 보며
저 사람의 오늘 하루는 정말 엉망이었겠다는 것까지 알았으면서,

가장 가까이에 곁을 두고 있는 서로가
그 마음이 식고 있다는 것을 왜 몰랐는지. 어째서….

그래, 헤어지지 않을 것처럼 행동했던 우리의 모습들은
결국 허구였을 뿐이었고, 우리의 진짜 모습은 그저
'더 이상 서로를 사랑하지 않음'이었다.

사람에, 사랑에 상처받은 너에게

PART 4

안녕—,
나의
모든 순간

다시 한번 일어나기로 해요

오늘 수천 번 넘어졌다고 해서
나에게는 멋진 순간이 평생 오지 않을 것 같다며
자책하지 마세요.
넘어진 자리에 상처가 생겼더라도
그 상처가 아물고 나면 다시 아무 일도 없었던 것처럼
다시 나아가면 되는 일이에요.

당신은 다가올 행복을 기다리며
그 행복이 왔을 때
온전히 그 행복만을 받을 수 있게끔
완벽한 준비만 해놓으면 되는 거예요.

할 수 있을 거예요.
우리, 다시 한번 일어나기로 해요.

네가 좋아서 불안한 나야

나 있잖아, 네가 너무 좋아서 불안해.

꼭 네가 나를 질려 하며 떠나버릴 것만 같아서. 너는 그럴 사람이 아니라는 걸 누구보다 잘 아는 나지만, 그런 불안감이 드는 건 어쩔 수가 없는 건가 봐. 내 눈에는 네가 세상 그 어떤 사람들보다 멋지고 예쁜 모습으로 비치는데, 다른 사람들의 눈에도 그렇게 비치면 어떡하나 싶어.

이런 불안감을 너에게 얘기하자니, 내가 집착을 한다고 느낄 것 같아서 쉽사리 얘기를 꺼내지도 못하겠어. 네 덕분에 충분히 행복한 요즘을 살아가는 나이지만, 한 사람을 이렇게 좋아할 수 있나 싶을 정도로 따뜻한 요즘이지만, 네가 너무 좋아서 불안한 요즘이기도 해.

한 가지 바라는 게 있다면,
너도 나를 이만큼이나 좋아하고 있다고
나에게 확신을 안겨줬으면 좋겠어.

그거면, 정말 그거 하나면
나도 마음 놓고
너를 온전히 사랑할 수 있을 것만 같아.

사랑을 하면
신기할 정도로
닮아간다

사랑을 하게 되면 서로가 신기할 정도로 닮아간다.

남녀가 서로 진심으로 사랑해서 연애를 하게 된다면, 시간이 흐르면 흐를수록 서로가 신기할 정도로 닮아간다. 처음에는 '이 부분은 나와 다르구나.'라고 생각했던 것들이, 어느 순간 닮아 있는가 하면, 주변에 있는 친구들이 "너, 점점 네 애인이랑 닮아가는 것 같다?"라고 말하는 경우가 점점 많아지고는 한다.

본디 사람은
누군가를 진심으로 사랑하게 되면,
그 사람의 행동이나 말투를
자신도 모르게 따라 하게 되는
본능이 있다고 한다.

아무래도 연애를 하게 되면, 함께하는 시간이 많아질 테고, 서로 대화하는 시간도 많아지는 탓이겠거니, 하고 생각해본다.

그러니 만약, 자신이 연애를 하고 있다면, 동시에 자신도 모르게 연애를 하고 있는 그 대상의 행동이나 말투를 따라 하고 있다면, 그것은 분명 그 사람을 진심으로 사랑하고 있다는 가장 정확한 증거가 되는 것이다.

또, 자신이 그렇게 진심으로 사랑하고 있는 그 사람도 당신의 행동이나 말투를 점점 닮아가고 있다면, 그건 정말 운명이나 기적이라 말해도 과언이 아닐 것이며, 그런 예쁜 연인 관계를 보고 '정말 잘 어울리는 한 쌍'이라고 불러야 하는 게 아닌가 싶다.

잘 지내고 있는 걸까

"잘 지내?"
너에게 안부를 묻고 싶은 마음을 몇 번이나 삼켜냈는지 몰라. 술을 마신 것도 아니고, 누군가에게 너에 관한 이야기를 전해 들은 것도 아니야. 그런데 최근 들어서 도대체 무슨 이유에서인지 너의 메시지 속 말투가, 너의 전화 속 말투가 사무치게 그리워.
우리가 이별한 지 오늘로 반년이 조금 지난 것 같은데, 나는 아직도 우리의 헤어짐을 인정하지 못하고 있는 것 같아. 그러지 않고서야 이토록 네가 내 시선에 선명하게 묻어 있을 리가 없는 거잖아.

우리가 만난 지 한 달이 채 안 됐을 때였나, 너는 내 눈을 빤히 쳐다보며 말했지.
"눈 밑에 눈물점이 있네. 그래서 네가 눈물이 많은 건가 봐. 이제 보니 너는 눈이 참 예쁘구나?"

네가 건넨 그 말에 나는 쑥스러움을 감추지 못해 취기가 오른 것마냥 붉어진 뺨을 손으로 가려야만 했었지. 하지만 지금은 그때 네가 나에게 해줬던 그 말이 기억에서 지워버리고 싶을 만큼 싫고 원망스러워. 매일 화장실의 거울을 볼 때마다 멀뚱히 서서 나의 눈 밑에 있는 이 점을 발견하고는 무너져 버리거든. 고작 나의 눈이 예쁘다는 너의 그 한마디에 이렇게 매일을 넘어지고 쓰러져 버리거든.

네가 언제인가 내 방에 두고 간 이어폰에도, 네가 선물한 작은 화분에도, 네가 내 책장에 꽂아두고 간 복잡한 소설책에도 네 흔적이 묻어 있어. 이것들을 속 시원히 버리지도 못하고 쉽게 꺼내 놓지도 못하는 내가 미운 밤이야.

그러는 너는 어때?

네가 항상 나에게 전화를 해주던 그 시간에 무엇을 하면서 시간을 보내는지. 네가 회사를 마치고 집으로 향할 때면 항상 나와 통화를 했는데, 그 고즈넉한 시간을 무엇을 하며 지나 보내는지가 너무 궁금해.

나를 걱정해주는 사람들이 나를 다독일 때면, 나는 항상 괜찮다며 그 사람들이 건네는 위로를 쳐내고는 해. 헤어진 지 반년이 넘게 지났는데 아직까지 힘들어하는 게 말이나 되는 거냐며 되려 핀잔을 주고는 한다는 말이야. 사실 속마음은 그게 아닌데. 반년은커녕, 지금의 마음으로는 1년이 지나도 괜찮아질 것 같은 기미가 조금도 보이지 않는데.
왜 나는 이별을 했음에도 이 알량한 자존심 하나 버리지 못해서 자꾸만 너를 뒤로 미루는 걸까. 왜 우리가 이별한 이유를 아직까지도 고치지 못해서 이렇게 네게 미련만 심어두고 멀리서 힘들어하는 걸까. 정말이지 이런 내가 무척이나 원망스러울 뿐이야.

아직까지는 좋은 사람 만나라는 거짓 응원은 못 해줄 것 같아. 아직까지는 내가 다시 너의 좋은 사람이 되어줄 수 있을 것만 같은 행복한 상상을 놓아버릴 수 없을 것 같아. 물론, 다시 돌아갈 수 없는 순간이라는 것을 너무나도 잘 알고 있는 나지만, 가끔은, 정말 아주 가끔은 나를 보며 잘도 웃어주던 너의 얼굴이 그리워. 이토록 선명하게 그려지는 네 웃음을 내 손으로 다시 한 번만 만져볼 수 있다면 정말 좋을 텐데, 하며 씁쓸한 미소를 짓곤 하는 나니까.

오늘따라 유난히 네가 보고 싶네. 이제 와서 이런 말을 한들 무슨 소용이 있겠느냐만, 정말 미안해. 항상 무조건적인 내 편이 되어주었던 너를 아프게 만들어서 미안해. 아직까지는 내 아픔이 우선이고, 이런 상황에 내 옆에 있어주지 않는 너를 미워하고만 있는 이기적인 나를 용서해줘.

너는 어떨지 모르겠지만,
나는 지금도
여전히 기적을 바라고 있어.

이 기약 없는 기다림이 언제까지 나를 괴롭힐지는 모르겠지만, 나는 우리의 재회를 은연중에 계속 기다리게 될 것만 같아. 그러니까 정말 그때까지만 무너지지 말고 행복하자. 우리가 다시 우연의 힘을 빌려 마주치게 되고, 다시 서로를 보며 웃게 되는 그 순간이 올 때까지만 최선을 다해서 행복하자. 이게 나의 세상이자 전부였던 너에게 하고 싶은 모든 말이야.

평생 전할 수 없을지도 모르는 내 마음이기도 하고.

너,
꽤 매력적인 사람이니까

네가 누군가를 매일 새벽을 써가며
그리워하는 만큼,
똑같이 너를 그리워하는 사람이 있을 거야.

너도 분명 누군가에게는
무지개를 안겨주고 싶을 만큼
좋아했었던 사람일 거야.

상처받은 만큼
강해지기를

누군가에게 버림을 받으면
그 길로 계속 약해지는 사람이 있고

그 아픔을 딛고 일어나
강해지는 사람이 있어.

나는 네가 꼭 후자의 사람이기를
진심으로 바라.

누군가 괜찮다고 말해줬으면

누군가 아무라도 좋으니
나에게 괜찮다고 말해줬으면 좋겠다고 생각하는 당신에게
내가 그런 사람이 되어주고 싶어요.

사랑하는 사람을 떠나보내 공허한 당신에게
아끼던 친구의 배신으로 상처받은 당신에게
목표하던 것을 이룰 수 없게 되어 무너진 당신에게

정말 괜찮을 거라고,
지금 순간일 뿐이라고
그렇게 위로를 건네주고 싶어요.

당신이 그토록 찾던 '누군가'가 되어주고 싶다는 말이에요.

상처에 의미를 부여하면 안 돼

소중히 여겼던 사람에게 지워지지 않을 것만 같은 상처를 받았다면, 그 상처를 그대로 인정하고 운명이 정해준 대로 아파해야 한다.

마음의 상처도 몸에 생기는 물리적 상처와 다를 바 없다. 마음의 상처를 입었을 때, 주변에서 건네오는 위로의 말은 단지 상처를 조금 더 빨리 아물도록 도와주는 약간의 치료일 뿐이지, 절대 그 상처를 모두 아물게 만들지는 못한다.

그러니까, 먼저 내 자신부터가 나의 편이 되어서 나를 위로하고 나를 걱정하고 나를 품어주어야 한다. 그리고 나머지는 평범하게 흘러가는 시간에 맡기는 수밖에 없다. 몸에 생긴 상처도 그렇듯이.

고맙게도 시간이 흘러서 마음의 상처가 모두 아물게 된다면, 어쩔 수 없이 조금 남아 있는 흉터를 보며 꼭 다짐해야 한다.

'두 번 다시
같은 곳에
같은 상처는
남기지 말아야지.'

그걸로 된 거다.

이미 상처를 받았고, 시간이 흘러 그 상처가 아물었고, 약간의 흉터가 남은 것. 그게 전부다. 그 상처에 더 이상의 의미를 부여해서 억지로 아파할 필요가 없다는 말이다.

그냥 그때의 아픔을 기억하고 두 번 다시 비슷한 사랑에게 비슷한 상처를 받지 않으면 되는 거다.

이제는 남이 되어 버린 나의 연인에게

이제는 정말 남이 되어 버린 나의 지난 연인에게.
모든 것에 미안했단 말을 하고 싶기는 해요.

우리의 처음 약속처럼 오래오래 사랑해주지 못해서, 마지막까지 깊은 상처만 안겨주고 등을 돌려버려서, 그 뒤로 단 한 번을 그립다는 핑계로라도 당신을 찾지 않아서.
정말 미안했다는 말로, 흘러가는 듯이 용서를 구하고 싶기는 해요. 그러니까 가끔은, 정말 가끔은 그런 미안한 마음으로 하루를 채우기도 한다는 말이에요.
그래도 행복했던 시간이었다고.

그렇게 얘기하고 싶기는 해요. 아무리 지금은 해지고 구겨져 버린 부질없는 추억이라고 해도, 그때, 그 시간만큼은 후회 없게 온 마음을 다했던 나날들이었으니까요. 그 작고 어여쁜 손을 잡는 것만으로도, 며칠 동안의 힘듦이 지우개로 지운 듯 모두 사라져 버리고는 했으니까요.

그토록 황홀한 순간들만 가득했던 그때였는데, 어떻게 이별을 했다는 이유만으로 그 모든 것들을 하루아침에 온통 검은색으로 칠해버릴 수 있을까요. 나는 지금도, 여전히 그때의 나는 정말 행복했구나, 하며 옅은 미소를 띨 때가 있어요. 그래도 다시는 우연으로라도 마주치고 싶지는 않아요.

우리의 마지막은 다시는 떠올리고 싶지 않을 만큼 서로에게 모질었으니까. 그 어디에도 알리고 싶지 않을 만큼 쿨하지 못했던 헤어짐이었으니까. 이별 후에도 선명하게 그려지는 당신의 실루엣을 애써 못 본 체하느라, 정말 별짓 다 해 보며 아픔을 견뎌냈던 나였으니까.

그 외에도 셀 수 없을 만큼 많은 부정적인 이유들 때문에, 나는 더 이상 당신의 얼굴을 마주하고 싶지는 않아요. 더 이상 나에게는 당신의 자리가 마련되어 있지 않으니, 우리, 우연으로라도 서로를 스치는 일이 없었으면 좋겠어요. 당신도 나로 인해 나만큼 아픈 시간들을 견뎌왔다면 알 거예요. 내가 왜 이렇게 나쁘게 말할 수밖에 없는지를. 그러니 부디, 우리는 같은 하늘 아래 살지 않는 것처럼. 같은 계절을 보내고 있는 게 아닌 것처럼.

나는 12월을 보내고 있더라도,
당신은 6월을 살고 있는 것처럼,
그렇게 정반대로 살아가요.

그게 우리가 서로의 곁이 아닌 곳에서도 다시 행복해질 수 있는 유일한 방법이니까요.

이별 후,
감정의 변화

이별 후에 흐르는 시간은 참 신기한 것 같아.

그때는 도대체 그 사람이 왜 나를 버린 건지 이해를 할 수가 없었는데, 시간이 지난 지금은 그때의 내가 왜 고작 그런 사람을 놓지 않으려고 악을 쓰고 버틴 건지 이해를 할 수가 없어.

지금 생각해보면,
놓아버리기 정말 잘한 사람인데 말이야.

내가 그리운 건

아마,

내가 그리운 건 당신이 아니라

그때의 분위기일 거예요. 지나간 계절 같은 거.

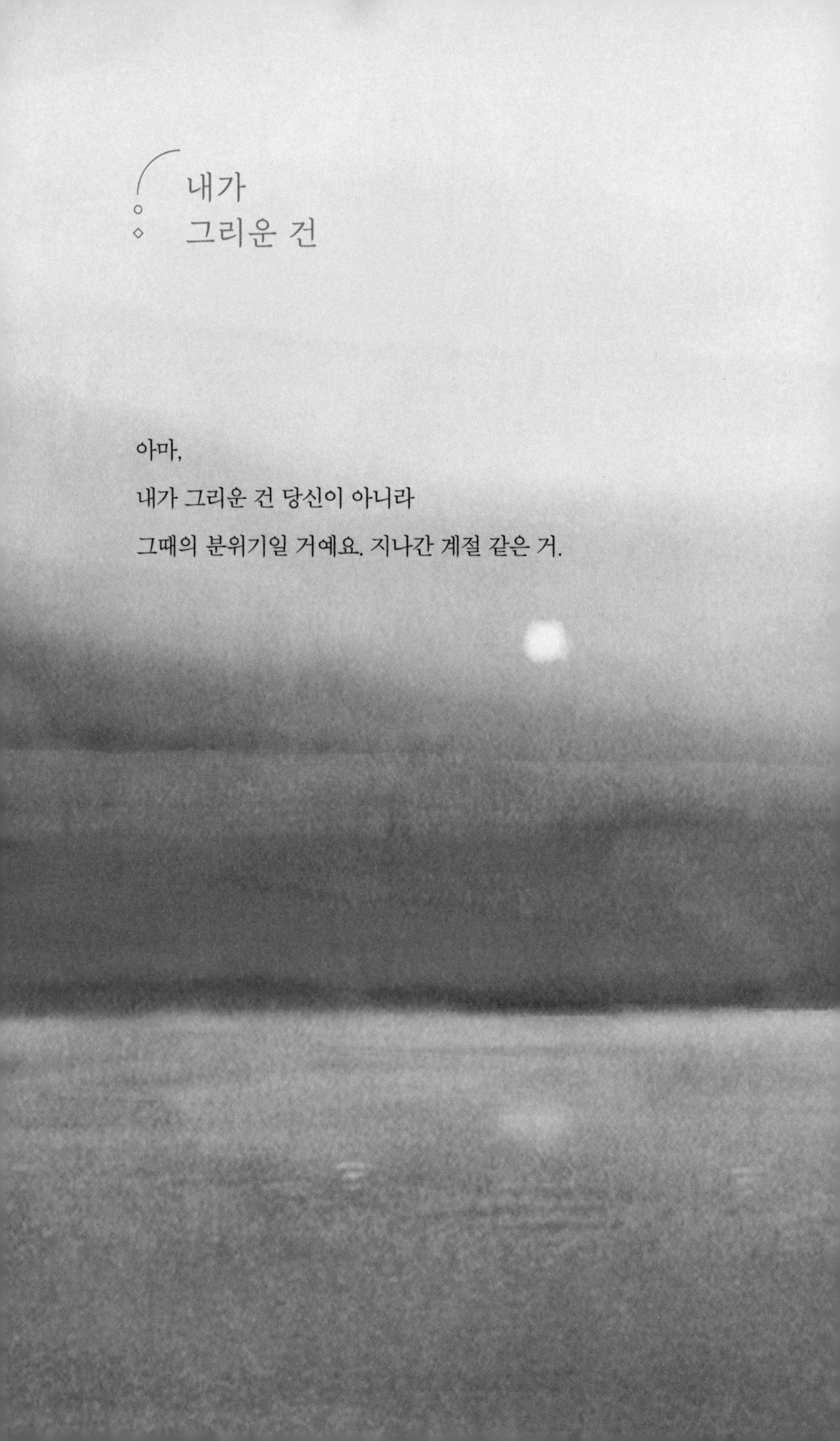

차라리
너를 벗어나야겠다

차라리 내가 먼저 연락을 끊어버리는 게 낫겠다 싶었어.

어차피 너는 내가 어떤 선택을 하든 간에 조금도 개의치 않을 테지만, 나는 지금의 이 무인도 같은 사랑 속에서 하루빨리 벗어나고 싶은 마음뿐이야.
너는 내가 너의 연락을 애타게 기다리는 것 따위는 안중에도 없는 건지, 하루 반나절 동안 연락이 두절되는 건 일상다반사였지. 또, 예전에는 어디를 가면 간다고 꼬박꼬박 잘도 얘기해줬던 네가, 이제는 나도 모르는 사이에 친구와 여행을 가버리고는 하잖아.

너는 네가
정말 너무한 행동을 하고 있다는 것을
조금이라도 알고는 있을까.

오늘따라 네 목소리가 너무 듣고 싶어서 걸었던 전화를 네가 받지 않았을 때, 그때 내가 느낀 상실감을 네가 조금이라도 알기는 할까. 이제는 나도 사랑이라는 가면을 쓰고 나를 삼키려는 이 지옥에서 벗어나고 싶어. 정말 간절하게.

나를 너무 원망하지는 마. 아니, 너는 나를 원망할 자격도 없는 거야. 너는 우리가 처음에 했던 그 예쁜 약속을 가차 없이 구겨버린 거고, 나는 이제 더 이상 그 구겨진 약속을 다시 펼 마음이 사라져 버린 것뿐이니까.

결국, 우리의 사랑은 나 혼자 하는 사랑을 마지막으로 끝이 나네. 이별까지도 나 혼자 해야 한다는 사실이 정말 억울하고 가슴 아프지만, 나는 미련 갖지 않으려고. 그래서 언젠가는 내 빈자리가 아쉬운 네가 나를 애타게 찾게 되기를 바랄 거야. 그때는 이미 늦었다는 걸 확실하게 보여줄 생각이고. 내가 지금 아파하는 만큼 그때의 네가 더 아파할 수 있도록.

이제 진짜 끝이네. 이 사랑도.

나만
아무것도 아닌 것
같을 때

나만 아무것도 아닌 것만 같을 때가 있죠.

나만 너무 느긋하게 삶을 보내고 있는 것 같고,
또래 친구들이 한 단계씩 성장해가는데
나 혼자만 한곳에 머물러 있는 것 같을 거예요.

그런 느낌을 받을 때일수록
한 번 더
나 자신을 믿는다는 말을
계속 되뇌어야 해요.

말도 안 되는 자신감이라도 좋아요.
나는 머지않아 저 사람들보다
훨씬 큰 사람이 되어 있을 거라고.

지금 내가 아무것도 아닌 것만 같은 건
다만, 준비 기간이 남들보다 조금 긴 것뿐이라고
자신감에 가득 찬 말을 계속 떠올리세요.

남들보다 뒤처져 있다고 해서
내 삶이 무너지는 것도 아니고,
그 사람들이 나보다
더 많은 것을 하고 있다고 해서
앞으로 내가 할 일이 사라지는 건
더더욱 아니라는 것을
꼭 알고 있어야 해요.

아무 걱정하지 마세요.
당신은 그 사람들보다 앞길을 선택할 수 있는 폭이 넓은 것이고,
그 사람들보다 실패로 인해 배울 것들과 성공으로 인해
쾌감을 느끼게 될 기회가 조금 더 많은 것이니까요.

지금 이 순간을 너무 미워하지 마세요.
언젠가는 지금의 이 순간이
당신의 일들에 소중한 밑거름이 되어줄 테니까요.

좋은 인연

지친 관계에 미련 두지 말기를.

좋은 인연은 나를 기다리게는 해도

지치도록 내버려 두지는 않는다는 것을.

향기로
기억되는 사람

이렇게 갑자기 선선해진 밤공기에
무언가가 잔뜩 생각나는 걸 보면,
정말 향기만으로도 기억되는 사람이 있기는 한 모양이야.

아마도 이 계절 즈음

참 많이도 사랑했던 사람이거나,
참 많이도 미워하게 된 사람이겠지.

오지 않는 연락

우리들이 관심 없는 사람과 연락을 주고받을 만큼
여유로운 삶을 살고 있는 게 아니잖아요.

그러니까 그 사람이 당신에게 연락이 없다는 건,
자신의 삶 속에 당신을 끼워 넣을
여유나 마음이 없다는 말이 되는 거예요.

오지 않는 연락을 계속 기다리기엔
당신이, 지금 이 순간이 너무 소중해요.

많이 힘든가요

홀로 많이 외로운가요.

다시 일어날 힘이 더 이상 없는가요.

눈물이 멈추질 않나요.

그렇다면 당신이 그간 소홀했던

소중한 사람을 찾아서

그 손을 잡아요.

그 순간 거짓말처럼

온 마음이 따뜻해질 테니까요.

그 사랑에 후회는 없어

정말 이렇게 좋을 수 있을까,

싶을 만큼 황홀했던 사랑이 있었다.

그만큼 답답하게 식어가는 과정이었고, 그 모든 것에 대가라도 치르는 듯 가슴 찢어지는 이별이었다. 그 이별을 받아들이는 것에는 참 말도 안 되게 오랜 시간이 걸렸다. 서로를 사랑했던 시간의 느낌과 이별 후 시간의 느낌이 너무도 달랐으니까. 분명히 한 사람, 같은 사람을 대상으로 느끼는 감정인데, 전혀 이해할 수 없을 정도로 그 느낌과 감정들이 달랐으니까.

그렇게 시간이 흐르고 흘러

모든 감정이 무뎌졌을 때, 그때,

이런 생각이 들었다.

그 사랑과 사람은
결코 헛된 것들이 아니었구나.
나에게 조금 더 좋은 사랑과
조금 더 멋진 사람을 만날 수 있게끔
힌트를 조금 아프게 준 것뿐이었구나.

나는 그 때문에 조금 딱딱한 사람이 되었지만, 덕분에 훨씬 강한 사람이 되었으니 그걸로 됐다. 두 번 다시는 어리석은 마음으로 사랑하지 않을 수 있게 됐으니, 정말 그걸로 된 거다.

나는 이제 그 사람이 밉지도 않고, 물론 좋지도 않다. 그냥, 지난날에 잠시 한 번 마주 봤던 사람으로 남겨뒀다. 그러니 그 사람도 이제는 나를 좀 그만 미워하고, 잠시 스쳤던 계절 정도라고 생각해줬으면 좋겠다.

그래, 정말 딱 그 정도면 됐다.

그때의
모든 것

그 사람은 이제 조금도 아쉽지 않아.

그러니까 내가 지금 이렇게
가슴이 미어지도록 그리워하는 건,
그때 그 사람이 아니라는 거야.

그 사람을 제외한
그때의 모든 게 그리운 거지.

그때의 나,

그때의 계절,

그때의 감정

그 모든 게 다.

전부였던 사람

그런 사람이 있어.

딱 한 번만 얼굴을 볼 수 있다면 행복할 것 같으면서도,
동시에 하루빨리 모두 잊어버리고 싶은 사람.

떠올리는 것만으로도 너무 아픈 사람.

또 그렇다고 다 잊기에는
너무 가득한 사람.

너는 말야

너는 말야.
좋은 힘이 있는 아이니까
잘할 수 있을 거야.
사람의 마음을 간질이는
멋진 매력이 있는 아이니까
충분히 행복할 수 있을 거고.

내가 아는 너는
분명
수많은 가치를 가진 아이니까.

자신의 잘못을 인정할 줄 아는 사람

연애는 자신의 잘못을
단번에 인정할 줄 아는 사람과 해야 해요.
매사에 억지스러운 변명만 늘어놓으며
잘못을 인정하지 않는 못난 태도로 일관하는 사람 말고,
사랑하는 사람 앞이라면
어느 정도의 자존심을 굽히는 건
전혀 개의치 않아 하는 사람 말이에요.

그렇다고 무조건적으로 의미 없이
미안하다는 말만 대충 늘어놓는 게 아닌,
토라진 애인이 납득하기 쉽게
모든 상황 설명을 다정하게 해주는 것과 동시에
진심 어린 마음과 예쁜 말로 사과를 할 줄 아는 사람.
그런 사람이어야 해요.

내 서운함을 말했던 나에게 너는

네가 항상 입버릇처럼 얘기했잖아.

"서운한 게 있으면 숨기지 말고 다 얘기를 해."라고.

그래서 너를 믿고 내 서운함을 말했던 나에게
너는 항상 나를 더 서운하게 만드는 핀잔을 줬었고.

그게 이유야,
내가 자꾸 내 속마음을 숨기고
결국은 우리가 이별하게 된.

차라리
몰랐다면 좋았을 텐데

차라리 전부 몰랐다면 좋았을걸.

우연히 알게 된 너를 내가 좋아하게 됐다는 사실을.

그런 너도 나에게 호감을 느끼게 됐다는 사실을.

그러다 우리가 연인으로서의 만남을 가지게 됐다는 사실을.

그렇게 행복했던 우리가 싸울 때마다, 너는 내게 줬던 마음을

조금씩 다시 가져가고 있었다는 사실을.

그러다 결국은 네가 나를 더 이상 사랑하지 않게 됐다는

그 역겨운 사실도.

그러니까,

그냥, 너라는 사람,

너라는 존재 자체를

아예 처음부터 알지 못했다면

정말 좋았을걸.

왜 하필 하고많은 사람 중에 너라는 사람을 알게 되고, 좋아하게 되고, 사랑하게 돼서, 이렇게 아픈 이별까지 맞게 되어버렸는지 몰라. 다른 사람들은 이별을 하고 시간이 지나면, 그 모든 것을 아름다운 추억으로 남기기도 한다는데, 나는 절대 아니야. 적어도 너라는 사람에게 '아름다움'이라는 수식어를 붙여주는 그런 미친 짓은 하지 않을 것만 같아. 행복하라는 말도 하지 않을 거야.

너는 내게 거짓 사랑을 주면서, 진심으로 사랑하는 척을 잘도 했었던 그 죄를 꽤 오랜 시간 동안 씻어내야만 할 거야. 부디, 지금의 나보다 몇 배는 더 아픈 시간 속에 살아가기를 바랄게. 너도 진심으로 사랑했던 누군가에게 잔인한 배신을 당하기를 바랄게.

고마워,
나에게 더 좋은 사람을 만날 기회와 자격을 줘서.

이제는
이별 없는 연애를 하고 싶다

나도 이제는 이별 없는 연애를 하고 싶다.

매 순간 헤어지게 될까 두려워하지 않아도 되는 연애를 말이다. 연애 초반의 그 차고 넘치던 애정이 계속되기를 바란다는 게 아니다. 남녀 사이를 언제까지나 설렘이라는 감정으로 감싸고 있을 수 없다는 것쯤은 나도 잘 알고 있다. 나는 그저, 설렘이라는 감정 다음에 당연하게 따라오는 '익숙함'을 소중히 여기는 연애를 하고 싶은 것뿐이다.

그러니까, 그 어여쁜 익숙함을 소중하게 여길 수 있는 사람과 오랫동안 깊숙한 연애를 하고 싶다는 말이다.

동화 같은 사랑

결국 연애라는 건
추구하는 연애와 가치관이
비슷한 사람끼리 해야 한다.

누구나 동화 같은 사랑 속의
주인공을 꿈꾸지만
서로 자신이 생각하는 스토리가
옳다고 우기다 보면

필히 한쪽은
악당이 되고야 말 테니까.

오래가는 연인들의 공통점

오래가는 연인들의 공통적인 특징은
서로가 연락의 중요성을
너무도 잘 알고 있다는 것이다.

연애의 시작은 누구나 알고 있듯이
연락이 기반이 되고,
연애를 이어가는 것 또한
연락의 빈도라는 것을 꼭 알아야 한다.

연락의 빈도가 줄었다는 것은
'익숙함'으로 포장된 '소홀함'일 뿐일 테니까.

언제나
진심이기를

그렇기에 너와는 꼭 오래도록 사랑하고 싶다.

오래도록이라는 말이
어쩔 수 없이 만남을 이어가는 게 아니라
우리의 모습은 조금씩 변해갈지라도
서로를 각별히 여기는 이 마음 변하지 않고
매 순간 즐거운 시간을 보내는 게 될 수 있도록.
그렇게 우리의 사랑이 점점 깊어졌으면 좋겠다.
너와 내가 하는 사랑은 언제나 진심이었으면 좋겠다.

진짜 사랑의 증거

지금 진짜 사랑을 하고 있다는 결정적인 증거는, 서로가 나누는 대화나 스킨십을 하는 모든 장면들이 마치 영화 속의 한 장면인 것만 같은 느낌이 들 때입니다.

나를 주인공으로 한,
그리고 너를 주인공으로 한
영화인 것 같은 느낌.

때로는 평범하고 현실적으로,
때로는 정말 영화처럼
특별하고 황홀하게 나누는 사랑.

지금, 당신이 만나고 있는 그 사람과 단지 손을 맞잡고 걸었을 뿐인데도 세상을 다 가진 것 같은 싱그러움을 느끼고, 자신이 로맨스 영화의 한 장면 속에 살고 있는 것 같다는 느낌을 받았다면, 당신은 지금 진짜 사랑을 하고 있는 것이 맞습니다.

만약 상대방도 당신과 똑같은 느낌을 받고 같은 생각을 하고 있다면, 우리는 그것을 일컬어 '기적' 혹은 '천생연분'이라고 부를 수 있을 것입니다.

유일한 장면

너와의 날들 중에

그 향기와 그 촉감까지 기억하는 유일한 장면이야.

너와 내가 사랑을 각자의 마음에 품고

서로를 따뜻하게도 안아줬던 그때가.

아직도 기억해

벌써 계절을 몇 번이나 건너뛰어서 우리의 성급했던 마지막이 담겨 있는 그 계절이 왔어. 그때는 세상 어떤 것들도 빗댈 수 없을 만큼 네가 무척이나 미웠지만, 지금은 조금 다른 마음이야. 지금 생각해보니 그렇더라고. 지금까지의 내 모습들 중에 너와 만나던 그때만큼 내 표정이 행복해 보일 때가 없는 거야.

비록 우리는 참 어려웠고 또 아팠었지만,
그것 또한 평생을 안고 가야 할
하나의 예쁜 추억이겠지.

너를 처음 만났을 때, 기타를 잘 치는 사람을 보며 좋아하던 너를 보고서는 내가 기타 연습을 얼마나 열심히 했는지 몰라. 너는 그냥 기타를 잘 치는 사람을 보며 좋아했던 것뿐이었는데, 나는 내가 너에게 그런 사람이고 싶었던 거야.

몇 날 며칠을 연습한 곡을 네 앞에서 연주했을 때, 그런 나를 웃으며 안아주던 너의 그 포근함을 아직도 기억해. 아마, 아주 오랜 시간이 지나도 그때만큼의 따뜻함을 만나지는 못할 것만 같아. 우리 참 좋았었는데 말이야.

그러는 너는 요즘 어떻게 지내? 도통 소식을 알 수 없어서 조금은 아쉽다. 그때 그토록 원하던 해외여행은 갔다 온 건지. 유난히 일이 힘들던 그 아르바이트는 그만뒀는지. 새로이 좋은 사람을 만나 또 다른 행복한 나날들을 보내고 있는 건 아닌지. 그냥, 이런저런 것들이 괜스레 궁금해.

너는 나를 모두 잊고
희미한 과거로 남겨두고
살아가고 있을지도 모르는 일이지만,
나는 여전히 네가 선명하다.

이제 와서 이런 말을 한들 무슨 소용이 있겠느냐만, 나 그때 너를 진심으로 사랑했었어. 나에게는 그 무엇보다 소중했었고. 고마웠어, 내게 그 포근한 품을 내어줘서. 고마워, 내게 이렇게 따뜻한 추억으로 남아줘서.

행복해야 해,
너는 웃는 게
세상 그 누구보다 예쁘니까.
예쁜 옷 입고, 맛있는 음식 먹고,
재미있는 일들 하면서 지내.
그리고 가능하다면

가끔은 내 생각도 해주고.

너의
가장 큰 문제점

너의 가장 큰 문제점은,

사람을 너무 많이 믿어버리는 것과
그 사람에게 네 모든 것을 보여주는 것과
그 사람의 사소한 행동에도 흔들리는 것과
너를 희생하면서까지 그 사람의 잘못을 억지로 감싸주고,
네가 아파하면서까지 그 사람을 놓지 못하는 것이다.

사람을 너무 쉽게 믿고,
또 상처받고,
그렇게 받은 상처 때문에
처절하게 망가져 버리는 것.

그게 바로, 너의 가장 큰 문제점이다.

그저 행복하시라는 말밖에는

더 이상 너와 내가 함께하지 못하게 된 지금,
이제는 내가 어떻게 해야 하는 걸까.

아침 일찍 일어나 마신 물이 목을 넘어가며 날카로운 칼날이 되고, 지저귀는 새들의 합창이 꼭 맞지 않는 화음을 끊임없이 연주하는 피아노 소리 같아졌지. 분명 서로를 죽일 듯이 미워하지는 않았던 것 같은데 굳이 이렇게 남이 되어야만 했던 걸까. 조금 극단적이지 않았나.

무슨 대단한 말을 내가 네게 건네서 네가 다시 내게 스며들 수 있다면, 만약 그런 말이 있다면, 어떻게 해서든 너와 대화할 수 있는 기회를 만들어볼 텐데.
나에게는 그런 보기 좋은 말을 할 수 있는 예쁜 입이 없으니,

"그냥, 그냥,
행복하시라는 말밖에는
못 하겠습니다."

원래 이별에는 그 이별의 대상들도 알 수 없는, 어둡고도 그 어둠보다 더 깊게 어두운 이유가 있으니. 굳이 그 이별의 이유를 찾으려다 찢어지지 말고, 무너지지 말고 서로가 맞지 않았을 뿐이다, 라는 보기 좋은 핑계로 묻어두도록 하자.

지금부터 이별이 시작됐는데 어지간히 자신 있어 보이는 너와 무슨 연유에서인지 무척 억울하고 벌써부터 지쳐 보이는 내가 이 시간과 공간을 각자 어떻게 버티고 바꿔가는지 지켜보자.

계속 구르고 구르는 눈덩이처럼 커지는 마음이라고는 이제 너를 미워하고 가끔은 그리워하는 것뿐이니, 아무런 걱정 말고 멀지 않은 과거에 사는 우리 사랑을 서서히 지워내자.

행복하자.
네 것이었던 나도, 내 것이었던 너도.

어쩌면 이별은
사랑의 과정일지도

어찌 보면 이별은
사랑의 결과임과 동시에 과정인 것 같다.

사랑할 땐 알지 못해서 채워 넣지 못했던 것들이
이별을 하고 나면 비로소 걷잡을 수 없이 터져 나와서,

내가 그 사람을 사랑했던 진짜 이유와
그 사람의 소중함을 모두 다 알려주니까.

그땐
몰랐으니까

진작에 선을 긋지 못한 탓에,
이 관계에서 나오는 상처들을 삼켜내는 것은
모두 나의 몫이 됐다.

좋은 사람이라 확신했던 사람들이,
알고 보니
어제 내다 버린 쓰레기보다 못한 존재였던 것을
그땐 몰랐어서.

내가 가장 잘할 수 있는 것들

버릇처럼 누군가를 보내고,

늘 그랬듯이 혼자 삼켜내는 것.

흩뿌려진 꽃잎에 며칠이고

물을 부어대는 미련함.

안타깝게도 내가 가장 잘할 수 있는 것들.

그런 사람

끝없이 미워하고 싶은 사람이 있다.

한때는 끝이 없을 것처럼 사랑했던 사람.
이제는 끝을 넘어서 마주 볼 수조차 없는 사람.

동시에 여전히도 사무치는 사람.

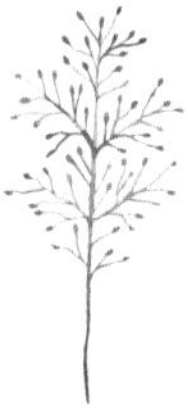

나 혼자만 사랑했지

다, 내 잘못이다.

그 의미 없는 사랑에
막연한 기대를 걸었던,

내 잘못이다.

마음에도 없는 사랑

헤어짐을 고하는 것보다
상대에게 더 상처를 주는 행동은,

이미 마음이 식었음에도 불구하고

여전히 뜨거운 척을 하며
사랑한다고 말하는 것이다.

어쩌면, 이별

어쩌면 우리는 이미 헤어졌을지도 모르겠다.

우리의 관계를 뜨거운 사랑이 진행 중이라고 설명하기에는 이미 그 마음이 차갑다 못해 온도를 잃어버렸기 때문이다. 서로를 마주한 자리에서는 갈 곳을 잃은 우리의 초점만이 공간을 삼켰고, 꾹 다물어진 채 열릴 생각을 안 하는 입은, 우리가 곧 이별을 할 거라는 사실을 뒷받침하기에 조금의 부족함도 없었다.

연애 초반, 하루가 멀다 하며 너와 전화를 했던 오후 6시, 나의 퇴근 시간. 지금은 내게 그런 시절이 있었는지조차 의심될 만큼 너를 찾지 않는 내 모습만 있을 뿐이다.

우리는 왜 이 모든 사실이 지극히도 현실임을 잘 알고 있으면서, 그 누구도 먼저 이별을 고하지 않는 것일까. 어느 한쪽이 마음을 바꿔서 관계 개선을 위해 뼈아픈 노력이라도 할 거라 기대하고 있는 것일까. 정말 모르겠다. 어쩌면 신의 장난일지도 모르는 이 상황을 얼마나 빨리 끝낼 수 있는지만이 내 요즘의 최대 관심사이다.

행복하지도 않지만,
그렇다고 딱히 슬프지도 않은 요즘.
여느 때와 다를 바 없이 너와 "잘 자",
라는 말을 주고받은 뒤의 공허한 새벽.

이유를 알 수 없지만 왠지 알 것 같기도 한 설움이 복받쳐 오른다. 차오르는 슬픔을 흘려보내야 할 가장 적절한 이유를 찾기 위해 이것저것 뒤져보아도 아무 소용이 없다. 그 어떤 것도 바로 잡혀 있지 않은 지금 이 순간, 단 한 가지 분명한 사실이 있다.

우리는 머지않아 헤어지게 될 것이고, 우리는 우리가 헤어질 수밖에 없는 이유를 누구보다 잘 알고 있을 거라는 것.

누구보다 행복해질 너에게

PART 5

스페셜 에세이 최초 수록

다시,
반짝이는
우리의 시간

사랑한다는 말

쓸데없는 자존심 뒤로 미뤄두고
좋아하면 좋아한다고,
사랑하면 사랑한다고
실컷 말하고 표현하며 살자.

차갑고 날카롭게 얼어붙은 마음을
제때 녹여주지 않는다면
돌이킬 수 없는 추위에
수도 없이 베이고 다치고야 말 테니까.

이 세상에 애쓰고 돌보지 않아도
영원히 곁에 남는 건 없다.

더욱이 사랑이라는 유약한 감정은
슬쩍 방심한 사이에
흔적도 없이 증발해 버리기도 한다.

사랑한다 말하는 음성을
귀에 차곡차곡 쌓고,
그 입 모양 눈에 담기를
끊임없이 반복해야지만

내내 박동하며
온기를 잃지 않는 것이
사랑이다.

그러니 오늘도 내가 당신을
변함없이 사랑하고 있음을
거르지 말고 알려주자.

여전히 건재한 사랑을 말하며
입술을 맞추고 깊게 포옹하자.

둘 중 그 누구도
춥고 쓸쓸한 세상의 바깥으로
내팽개쳐지지 않도록.

너 정말 잘하고 있어

"너 정말 잘하고 있어."
이 자그마한 한마디의 위로조차
결핍된 삶을 살아가고 있는 우리들.

타인으로부터 진심 가득 담긴
"잘하고 있으니 걱정 마."라는 말을
들어본 적이 도대체 언제였던가,
이제는 기억조차 나지 않는다.

가볍고 당연한 말이라는 이유로
입 속에서 너무도 쉽게 사라져 버리는 말.

당연한 것일수록
오히려 삶의 뒷전으로 밀려나는
이 안타까운 현실이 무척 슬프다.

무수한 외적인 부정들로 인해
잔뜩 여려진 이 마음을
다시금 단단하게 굳히는 데에는
사실 그리 많은 준비물이 필요치 않다.

그저,
너는 정말 잘하고 있다는 말과
네가 하고 싶은 대로 다 해도 괜찮다는 말.

나조차도 알지 못하는 무언가에 의해
불안해하고, 괜스레 머뭇거리게 되고,
끝끝내 자기 자신을 의심하게 될 때,

무조건적인 내 편이 되어주는 이들의
이 자그마한 위로만 내게 주어진다면,
왠지 모르게 세상에 두려울 것이 없어진다.

그러니 내게 소중한 사람의 얼굴에
낯선 그늘이 잔뜩 드리워 있다면
주저 말고 당장에 꼭 껴안아줘야만 한다.

때로는 말하지 않아도
내 마음을 단번에 알아주는 이들의
"너 정말 잘하고 있는 거야."라는 말 한마디에
계속 살아갈 원동력을 얻기도 하는 거니까.

사랑이라는 것은

사랑이란,
지루하기만 한 삶을 왁자지껄 함께 거닐
둘도 없는 동료가 생기는 것.

그 사람이 겪는 좌절이라면
모조리 내 호주머니에 집어넣고서
꽉꽉 숨겨주고 싶어지는 것.

두 손 맞닿기 위해서라면
바다며 산이며 하늘 멀고 높은 곳인들
고민 없이 뛰어넘게 되는 것.

슬프고 망가져 버리는 건
전부 내가 하고 싶어지는 것.

할 수만 있다면
세계의 종말을
단 하루라도 늦추고만 싶어지는 것.

내가 가진 하루의 절반 이상을
한 사람이 앗아가 버렸음에도
일말의 불평불만 따위 생기지 않는 것.

그 사람의 늦은 밤을 어지럽히는
보랏빛 우울 위에다
하나둘씩 움트는 별의 빛을
전부 쏘아주고 싶어지는 것.

매일 밤 그 사람이
아무 걱정 없이 단잠을 이루기를
간절한 마음으로 바라게 되는 것.

그 사람의 눈을 가만히 바라보고 있자면
왠지 모를 울음이 터져 나올 것만 같은 것.

이렇듯 사랑이란,
함께 나는 모든 계절에
꽃과 숲이 단 한시도 시들지 않게 되는 것.
모든 환희와 아픔을 함께 겪고만 싶은 것.

나의 절친한 친구들에게

문득 나의 절친한 친구들에게 고마움을 느낀 날이었다.

누구에게나 치열한 삶 어느 귀퉁이에는 꽤 넓은 공허가 생기기 마련이다. 사랑하는 가족조차 다 채워낼 방도가 없을 만큼의 막연한 크기로. 하지만 절친한 친구들은 늘 나보다도 나를 잘 알고, 영원하기라도 할 것처럼 내 속에 팽배하던 쓸쓸함과 패배감을 삽시간에 물리친다.

그들은 나의 지나친 나약함을 용케도 제때 포착하고서 구원에 가까운 도움을 준다. 내가 잘게 부서지는 꼴을 두고 보지 못하는 이들. 어딜 감히 내 허락도 없이 쭈글쭈글 움츠러드느냐는 농담 섞인 위안. 열심히 살아, 꾸역꾸역 번창해서 네가 나를 먹여 살려, 많이 벌어서 그중 절반은 나 줘, 하는 우스갯소리로 나를 다시금 벌떡 일으켜 세우는 선한 얄궂음.
나는 이 귀여운 친구들 덕에 끝끝내 완전히 망가지지 못한다.

그러는 나 또한 종종 친구들의 안부를 묻는 일을 소홀히 하지 말아야지. 우리 모두 괜찮을 거라고, 이만하면 우리 퍽 쏠쏠한 삶을 살고 있다고, 나름의 멋짐을 펑펑 쓰며 살고 있는 거라고도 불쑥 말해줘야지.

그리고 가끔은
많이 고맙다는 말도 흘리듯 내뱉어야지.

넉넉한 삶

날씨가 좋아서
호수공원으로 강아지 산책을 나갔다.

벤치에 멀뚱히 앉아
챙겨온 물을 강아지와 나눠 마셨다.

잔디밭에 돗자리 깔고서 앉아
점심을 먹는 사람들과
깔깔거리며 호수공원 산책로를
천천히 걷는 사람들,

윤슬 반짝이는 호수 표면으로
유유히 떠다니는 오리들까지.

모두가 좋은 날씨를
마음껏 누리고 있었다.

나도 강아지도 볕에 눈이 부셔
막 찡그리면서도 날씨를 누렸다.

문득 아무렴 괜찮다는 생각이 들었네.
나는 이렇게 좋은 날씨를 가졌으니까.

날씨는 누가 더 좋은 걸 가졌는지
뽐내고 질투하지 않아도 되니까.
펑펑 쓴대도 가난해지지 않으니까.

그럼 나는 이미 넉넉한 삶이네.
더 가지려 괜한 애쓰지 않고
좋은 날씨를, 오늘의 사랑과 웃음을,
바람과 나무를 실컷 누리고 껴안아야지.

사랑의 원래 이름은 다정

사랑은 본디 다정한 것이다. 무수히 많은 부정적인 감정들이 그 위를 빈틈없이 덮어 메워댄다 한들, 다정함 하나로 생명을 유지하는 사랑의 그 가치만큼은 결코 변하지 않는다. 그러니 만약 당신이 누군가와 사랑이라는 감정을 부지런히 가꿔가고자 한다면, 그 본질적인 가치와 다정함을 쉽게 잃지 않는 사람과 함께 해야만 한다.

옳은 사랑을 품은 사람은 그 다정함의 기복의 폭이 좁다. 순간의 기분이나 처한 상황에 따라 당신을 대하는 태도가 천차만별로 바뀌거나 하지 않는다는 말이다.
또한 틀리지 않은 마음으로 당신을 실망케 하는 빈도를 줄이고자 무던히 애쓰기 마련이다. 그에 좋아하는 것을 하나라도 더 해주고자 하는 것보다, 싫어하는 것을 하나라도 덜 저지르고자 함에 더욱이 중점을 두고서 행동하는 것이다.

당신과 가능한 모든 순간을 함께하고자 하는 것 역시 다정함의 일부라고 할 수 있다. 누구나 손쉽게 축하를 건넬 수 있을 만큼 기쁘거나 행복한 일 외에, 모두가 언제 그랬냐는 듯 당신에게서 등을 돌릴 만큼이나 슬프고 절망적인 순간을 외면하지 않는 것. 깊이를 가늠할 수 없는 고통 속으로 함께 투신할 용기를 내는 것. 당신과 함께 지나온 시간을 모조리 귀중한 추억으로 남기기 위해 노력하는 것. 당신과 함께하는 순간이라면 단 한 줌도 허투루 낭비하지 않으려 두 발을 바삐 구르는 것.
이렇듯 적당한 온도로 데워진 다정함을 온몸에 둘둘 두르고 있는 사람이라면, 당신이 가진 사랑의 전부를 그 앞에 기꺼이 펼쳐놓는대도 아무렴 괜찮을 테다.

물론 이 모든 것은 '내가 먼저 그러한 사람이 되는 것'부터 선행이 되어야만 한다.
올바르지 못한 마음과 욕심만 잔뜩 쥐고서 꽤 괜찮은 사랑을 이루고자 한다면, 그것을 분명히 그르치게 되는 것은 물론이거니와 지불할 대가도 없이 타인의 것을 제멋대로 취한 죄를 톡톡히 치르게 될 것이다. 그게 얼마나 어리석은 짓인지.

내가 먼저 다정함을 흩뿌릴 수 있는 사람이 되어서, 상대방의 다정함을 온전히 쟁취하는 것. 내가 먼저 충분한 자격을 갖추고서, 좋은 사람과 함께 옳은 사랑을 무럭무럭 길러내는 것. 서로가 서로에게 둘도 없는 단짝이 되어서, 이 지루하기 짝이 없는 삶에 높은음자리표보다 드높은 흥을 불어넣는 것. 이것이야말로 사랑이 가진 본질적인 가치와 다정함의 순기능이 아닐까.

혹 당신이 이와 같은 사랑을 누군가와 주고받을 준비가 철저히 되었다면, 부디 당신에게 힘주어 사랑을 말할 수 있는 사람을 만나기를. 쏟아질 듯 넘치는 다정함과 함께 몰려오는 사람과 즐겁게 사랑하기를 소망한다.

사랑으로 말미암아

사랑이 우리의 마음가짐에 일으키는 변화는 가히 상상을 초월합니다. 일평생을 애써도 이룩하지 못할 것만 같던 일을, 한 사람을 사랑한다는 이유만으로 순식간에 해내고야 마는 것입니다. 하늘의 별이라도 따주겠다는 말이, 심장이라도 꺼내서 보여주겠다는 말이 결코 허풍이 아니라는 것을 이제는 알고 있습니다. 현실적으로 불가능에 가까운 일이라 한들, 끝끝내 해주고만 싶어지는 것. 사랑입니다. 사랑으로 말미암아 우리는 꼭 마법과도 같은 현상을 수도 없이 경험하게 되는 것입니다.

봄볕 드는 강둑

내가 온갖 애정을 쏟고 있는 사람에게 나 또한 오래 머무를 수 있는 곳이기를 간절히 소망한다. 매 순간 향긋한 차와 배를 불릴 풍족한 식사를 내놓지는 못한다 한들, 결단코 시선이 향해 있는 그곳으로부터 온기를 거두는 일 없을 테니.

봄볕 타닥타닥 드는 강둑에 나긋이 앉아 한 사람만을 생각하기에 더없이 좋을 날이 성큼 가까워졌다. 가는 시간만큼 오는 것들은 또 얼마나 반가운지. 사랑다운 사람 하나를 사랑하는 일 덕분에 아직 겪지 못한 내일의 내일까지도 벌써 즐겁다.

더 많이 사랑한다 말하고, 더 많이 껴안아주고, 더 많이 입을 맞춰야지. 봄이 머지않았다는 보통의 핑계라도 아무렴 괜찮지 않을까. 늘 그랬듯 이 계절이 나를 한층 다정한 사람으로 만들어주리라 굳게 믿고 있다.

봄과 사랑은 어딘가 모르게 참 많이 닮아 있고,
나는 지금 한 사람만을 봄처럼 생각하는 데에
여념이 없다.

시선을 주고 싶은 사람

사랑하는 사람에게
내가 본 거리의 예쁨을
사진에 담아 건네는 일이 좋다.

유난히 새붉게 물든 노을이며
여느 때와 달리 크고 둥근 달이며
길가에 화사하게 핀 제철 꽃이며
풀숲에 숨어 나를 보는 고양이며
하는 것들을 사진 찍어 보내주는 일.

떨어져 있음에도 매사에
나 이렇게 네게 열중하고 있다
알려주고 싶은 마음이라기보다는,

이 예쁨과 경이로움으로 인해
내가 지친 마음 다독였던 것처럼,
너도 가진 슬픔 잠시 내려두고서
선한 것만 눈에 담았으면 하는 마음으로.

우리가 같은 세계에 살며
서로를 사랑하고 있음을
사진 한 장으로
끊임없이 되뇌기 위해서.

이렇듯 사랑을 주고받는 순간들은
거리의 예쁨처럼 우리를 느리게 걷고
가만히 멈춰 서게 만든다.

특별한 것 없이도
입가에 옅은 미소를 머금게 하거나
먼 하늘 내다볼 수 있는
여유를 갖게끔 한다.

그런 순간들이 하나둘 모여
애정으로 펑펑 쌓이게 되면,
그곳은 곧 둘이 함께 폭삭 안겨도
부족함 없을 하얀 절경이 된다.

그러니 오늘 내게 위로였던 장면을
사랑하는 사람과 함께 나눠 먹자.

우리의 사랑이 때를 가리지 않고 맑도록
쉬지 않고 입김을 불어 문질러 주자.

거짓 감정과 거짓 슬픔

지금의 너를 온통 뒤덮고 있는
그 감정에 절대 속아서는 안 돼.

아주 잠깐 네게 머물렀다
끝끝내 사라지고야 말 그 허구의 감정에
귀하디 귀한 네 진짜 속내를
희생시켜서는 안 된다는 말이야.

드넓게 펼쳐진 바다를 한번 떠올려보자.
우리는 누구라고 할 것 없이 모두가
그 바다의 색이 푸르다는 것을 알고 있잖아.

그럼에도 불구하고
갑자기 그 바다에 짙은 안개가 끼거나
어두컴컴한 밤이 잔뜩 드리우면,

우리는 금세 푸르던 바다를 전부 잊고
그 바다가 가진 본래의 색이
회색이거나 검은색이라 착각하고야 말아.

그 칙칙한 색을 모두 걷어내고 보면
속에는 푸른빛을 띠는 바다가
여전히 출렁이고 있을 텐데 말이지.

그러는 지금 네게 드리운 그 슬픔도
이와 크게 다를 것이 없어.

그저 지나가는 흐린 날씨이자
고작 하루의 반절밖에 안 되는
어두운 밤일뿐인 거야.

쾌청한 하늘이 활짝 피면
다시금 푸르게 펼쳐지는 바다처럼,
너를 속이려 악을 쓰는 슬픔이 모두 걷히면
흐트러진 네 마음도 안정을 되찾을 수 있어.

거짓 감정에 흔들리지 마.
거짓 슬픔에 속아주지 마.
네 마음이 가진 본래의 색과 모습은
푸르른 바다색이자 쾌청한 평안이니까.

인연의 소중함

사랑하는 사람과의 다툼 끝에 남는 것은 언제나 소심한 자책이었다. 과하게 언성을 높인 것에 대한 미안함과 뒤늦게 고개를 비집고 나오는 역지사지의 마음, 그리고 먼저 사과를 건네고자 하는 약간의 용기와 보고 싶은 마음이 한데 모여 높게 파도친다.
꼭 그런 날에는 둘이 함께 나눠야만 행복이 더해지는 것들이 곧잘 눈에 띈다. 무심코 올려다본 하늘의 쾌청함이나 폭죽처럼 피어난 화단 속의 풀꽃, 기르는 고양이의 우스꽝스러운 재롱과 머지않아 이곳에도 첫눈이 온다는 소식 같은 것들. 그러면 나는 더욱 죄스럽고 슬퍼진다. 이렇게 맑은 날에는, 이렇게 즐겁고 좋은 소식이 많은 날에는 서로 얼굴을 붉혀서는 안 되는 거니까. 좋은 날씨를 함께 낭비하고, 아담한 풀꽃을 함께 눈에 담고, 고양이의 재롱을 보며 함께 웃고, 첫눈이 오면 함께 만들 눈사람을 지금부터 상상해야만 하는 거니까.

나는 우습게도 매번 사랑하는 사람의 귀함을 위기와 슬픔 속에서 깨닫는다. 이 사람과 함께 걷지 않는다면 몹시 지루하기 짝이 없는 삶임을 인정하는 순간은 왜 항상 조금 늦어버린 뒤인가. 인연의 소중함을 매 순간 자각하는 사람이고 싶다.

고마워,
나의 모든 순간인
사람

이 세상을 살아가다 보면 누구나 가슴 절절해지는 사랑을 하게 되기 마련입니다. 우리는 여느 연애의 시작이 다 그렇듯, 누군가를 만나게 되고, 그 누군가에게 호감을 갖게 되고, 그 누군가의 조금 더 깊은 곳에 스며 있는 또 다른 무언가를 알고 싶어지는 것으로 사랑의 출발선에 발을 디디게 되는 거죠.

저 또한 보통의 마음과 평범한 겉모습으로 이 세상을 살아가고 있는 사람으로서, 이 책을 여러 감정들로 펼쳐 들었을 여러 독자분들과 크게 다를 것 없는 사랑을 해왔습니다. 물론, 타인의 시선에 한해서만 딱히 특별하지 않은 '그저 그런 사랑'이겠지만요.

모두가 그렇게 생각할 겁니다. 나의 사랑은 어느 순수한 어린 아이가 펼친 동화 속 이야기 못지않게 아름답다고.

사랑은 대부분 내 삶 전체를 지탱해주는 커다란 힘이 되기도 하지만, 한편으로는 그 깊이를 가늠할 수 없을 만큼 깊은 구멍을 숨기고 있어서, 언젠가는 나를 기약 없는 슬픔 속에 가둬버리고 말기도 합니다. 그 탓에 저는 이 책의 원고를 쓰기 전에 수많은 고민을 했습니다.

'사랑을, 삶을 주제로 한 책을 쓰려면
과연 그 분위기가
벚꽃이 흩날리는 봄 같아야 할까,
낙엽이 힘없이 바스러지는 가을 같아야 할까.'

사랑이라는 단어에서 풍기는 느낌을 그대로 받아들인다면 당연히 전자와 같아야 하겠지만, 가을과 닮아 있는 가슴 아픈 이별의 순간도 어쩌면, 사랑이라는 감정에서 많은 부분을 차지하는 큰 조각일 테니까요.

그렇게 몇 날 며칠을 이와 같은 고민으로 지새우다 보니, 정말 당연한 사실이 우연처럼 뇌리를 스쳤습니다. 이 책이 갖게 될 분위기는 내가 정하는 게 아니라고. 각자의 사연을 품고 이 책을 읽게 될 모든 독자분들이 나름의 분위기를 만들어낼 거라고. 나는 그저 내 속내를 숨기지 않고 나의 이야기를 풀어놓으면 되는 거라고.

저는 이 페이지가 누군가에게는 현재 진행 중인 모든 순간에 감사하게 하고, 또 누군가에게는 이미 지나버린 과거의 모든 순간을 떠올리게 하며, 안타깝지만 또 어떤 이에게는 앞으로의 미래까지 잊지 못할 사람을 떠올리게 하는 이야기들의 아름다운 마지막 장이 되기를 바랍니다.

그리고 각자가 모든 순간에 함께했던 사람에게 감사하는 마음을 갖게 되었으면 좋겠습니다. 마음 깊은 곳에 묶여 있는 감정들을 이제는 풀어주고 모든 장면들에 솔직해졌으면 좋겠습니다.

저의 어른스럽지 못한 감정들의 독자가 되어주셔서 감사합니다. 이 책을 집필하는 동안 많은 존재에게 감사하게 되었지만, 그중에 과거의 나와 함께해주었고, 현재의 나와 함께하고 있고, 미래의 나와 함께하게 될 저의 소중한 인연들에게 가장 깊은 감사를 전합니다. 부디 오래도록 가득히 행복하세요.

그리고 마지막으로,
고마워,
나의 모든 순간.

모든 순간이 너였다

초판 1쇄 발행 2023년 3월 14일
초판 8쇄 발행 2024년 4월 8일

지은이 하태완
일러스트 클로이
펴낸이 이경희

펴낸곳 빅피시
출판등록 2021년 4월 6일 제2021-000115호
주소 서울시 마포구 월드컵북로 402, KGIT 19층 1906호

ISBN 979-11-91825-77-0 03810